U0827939

蒲公英文学馆

彩虹在人间

宗函婷 / 主编　毛芦芦 / 著　豆豆鱼 / 绘

吉林出版集团股份有限公司
全国百佳图书出版单位

图书在版编目（CIP）数据

彩虹在人间 / 毛芦芦著. -- 长春：吉林出版集团股份有限公司, 2024. 11. -- (蒲公英文学馆 / 宗函婷主编). -- ISBN 978-7-5731-6002-7

Ⅰ. I247.7

中国国家版本馆CIP数据核字第2024LS6933号

彩虹在人间

CAIHONG ZAI RENJIAN

出 版 人　吴　强
主　　编　宗函婷
著　　者　毛芦芦
责任编辑　刘东禹
图画绘制　豆豆鱼
装帧设计　薛　芳
开　　本　889 mm × 1194 mm　1/32
印　　张　5
字　　数　100千字
版　　次　2024年11月第1版
印　　次　2024年11月第1次印刷

出　　版　吉林出版集团股份有限公司
发　　行　吉林音像出版社有限责任公司
（吉林省长春市南关区福祉大路5788号）
电　　话　0431-81629667
印　　刷　吉林省金昇印务有限公司

ISBN 978-7-5731-6002-7　　定　价　32.00元

目　录

彩虹在人间

牵牛花开了。

院前的竹篱笆上，有数不清的紫花、粉花、蓝花在无声地吹着小喇叭。

爷爷坐在门槛上，凝神看着竹篱笆。

他那灰色的裤、蓝色的袄、白色的鬓发，依着红漆斑驳的木门，就像一幅褪了色的年历画。

一阵风吹过，牵牛花在竹篱笆上闹腾起来。它们各自伸出小手，共同划着风的桨，在爷爷眼前摇出一条七彩的河。

可惜，这河的色彩再艳丽，在爷爷眼中也是黑色的。

因为爷爷早在三年前就因患病而失明了。

这满篱笆的花都是爷爷种的，还有院前的那十多棵枇杷树，也是爷爷种的。可现在料理这些树和花的却是戚果果这个才上小学六年级的男孩儿。

“果果，果果，你在哪？”一会儿，爷爷从牵牛花上收回“视线”，转头唤果果。

果果手捧一个蓝花大碗，匆匆地从灶屋里赶出来，说：“爷爷，我在这儿呢！您快吃饭吧，等下我上学要迟到了。”

“噢，我闻到喇叭花香了。果果，你帮我看看，树上的枇杷快熟了吗？”

“有一点点泛黄了，再等半个多月，就应该陆陆续续地成熟了。”

“那要写信给你爸妈了，叫他们到时别忘了回家收枇杷、卖枇杷。”

“昨天我已在学校给爸爸打过电话了，他说工作太忙，今年赶不回来了。枇杷确实采不了，那就让它们留在树上给鸟吃算了。”

“这说的是什么话？他在外打工没赚几个钱就忘本啦？我们这可是正宗的鸡蛋红枇杷，山下多少人盼着买我们家的枇杷吃呢！你今天去学校，再给你爸打个电话，叫他无论如何都得为枇杷回家一趟，就说是他爹的命令！”

爷爷说到这里，脸气得通红，他哆哆嗦嗦地站起来，拿起靠在门槛上的拐杖，哒哒，哒哒，哒哒，一阵急拄，来到院前那棵最大的枇杷树下，摸着那粗壮、遒劲的树干说：“果果，这树还是我像你这么大时，我爹陪我种下的。当时我们为了向别人讨这‘鸡蛋红’的品种，可拎给别人整整50个鸡蛋啊！这么好的枇杷，你爸却说采不了让它们留在树上给鸟吃？他这说的是什么话？”

“是啊，我爸不懂事，乱说话，爷爷您别生气了！等下一到学校，我就去梁老师办公室打电话给爸爸。爷爷，您快吃饭吧，我要去上学了，路这么远，我怕迟到了！”

“好，果果，爷爷吃饭，爷爷不生气！要怪就怪我们家住得太偏太高了，路难走，不然，镇上哪个小贩愿意开着车亲自来摘我们的枇杷去卖啊！”

“爷爷，等我长大赚了钱，给您专门修条直达门口的大马路，好不好？”

“好！好！还是我们果果懂事啊！”爷爷说着，露出了欣慰的笑容，连失明的眼睛里也仿佛溅出了无数笑的星星。

果果才十二岁，可他却是爷爷最大的依靠呢。爷爷有这样的好孙子，当然很开心。

“看”着果果出了门，急急地走在弯弯曲曲的山路上，从爷爷带笑的嘴角却落下一声叹息：“唉，听说山下哪个旮旯儿都修起了水泥路，哪个旮旯儿都可以开汽车、拖拉机了，只有我们这儿没有水泥路，都怪住得太高了。”

爷爷叹息着，又摸索着回到门槛边，背靠着红漆斑驳的门扉，慢慢地坐了下来，一边闻着牵牛花淡淡的花香，一边陷入了沉思。

其实，乡政府早在五年前就开始动员大家去山下村庄造房子过日子。好多乡亲也都下山去了，在公路边扎下了根，干起了开饮食店、化肥店、服装店等营生。可也有一部分人，怎么也不肯下山。因为他们早把大山当成了生死不离的家园。他戚根生就是其中最顽固的一个。

虽然他的眼睛出了问题，再也看不到山的青、花的艳、树的绿，可他却能用鼻子闻到山的香、花的甜、树的美。

住在成千米高的山上，吸一口气也舒畅啊！

“可惜，苦了果果啊！”爷爷想到这里，更重地叹了口气。儿子、儿媳去省城打工十来年了，果果这孩子是他辛辛苦苦拉扯大的。可他不争气，坏了眼睛，现在轮到孙子照顾他了。这孩子，每天一早就得为他准备早饭、中饭，还得走六七里山路去山下学校上学，傍晚回来又得照顾他，也真是太难为孩子了。

“要不，干脆也搬山下去住得了？”爷爷自己跟自己这么嘀咕。但很快又摇了摇头，“我都七十八岁了，就像棵老枇杷树，稍微一挪，就要翘辫子啦！唉……”

爷爷叹着气，突然，一粒雨点砸到了他头上。

“啊，要下雨啦，果果带伞了没有哇？”爷爷的心，在渐渐密集的雨点的敲击下，绷成了一面紧绷的鼓。

他跌跌撞撞地跑进屋，在门背后的背篓里快速摸索着。哎呀，三把伞都在，这么说，果果并没有带伞出门。

爷爷真急了，站在门槛上，扯开喉咙，冲山下那蚊香般盘来盘去的小路喊：“果果，果果，下雨了，你没带伞，要记得躲雨呀！”

可是，他面前的那盘“蚊香”一声也没有应他，只在山中腾起一阵水雾。看来，果果走得快，早听不见爷爷的叫喊声了。

而雨，已哗哗地下大了。

爷爷的心鼓敲得更急了。

“都是你们不争气！都是你们不争气！”爷爷在拼命地揉眼睛，骂眼睛。揉完，骂完，就满脸沮丧地坐在门槛上，对着一山的雨烟生起了闷气。

牵牛花、枇杷树都在雨中使劲地向爷爷招手，企图安慰这个可怜的老人，无奈他眼睛看不到它们啊！

就这样，他黯然长坐着，直坐到雨点收住了脚步，直坐到了午后一点来钟，才晃晃悠悠地站起来，准备去厨房盛饭吃。

那饭，被孙子用稻草编成的饭窝给他暖着呢，只需他摸来吃就行。

可是，没等他端起饭碗，就听见远远的山路上，传来了一阵兴奋的呼唤："爷爷，爷爷，要修路啦！乡里要给我们浇水泥路啦！爷爷！"

"啊，果果回来啦？你今天咋这么早就回来啦？"爷爷惊喜地退回到大门口，这时，果果那个圆圆的脑袋已经从一大片牵牛花上冒了出来。

"爷爷，要修路啦！乡里要给我们浇水泥路啦！爷爷！"戚果果一边喊，一边纵身一跃，竟从高高的篱笆花上跳进了院子里。

"什么？修路？浇水泥路？果果，你听谁说的？我们这里怎么可能修路呢，傻孩子！"爷爷站在门旁，挥着拐杖，笑着嗔怪孙子，"你这孩子什么都好，就是心眼太实了，别人说什么你都信，你呀，什么时候才可以变机灵点儿呢？"

"可是，爷爷，这可是乡长亲自告诉我的。我早上去学校，衣裤被雨浇湿了，梁老师带我去她家换衣服，她丈夫不是李乡长吗？是李乡长亲自告诉我这一好消息的。我把这消息藏在心里一个上午，实在藏不住了，一吃过饭我就向梁老师请了假，赶回来向您报告好消息了。”

“果果，你说李乡长是人吗？”

“当然是呀，还是个好人哩！”

“是人都会开玩笑的，好人也会开玩笑的。果果呀，乡长这是跟你开玩笑呢，逗你玩呢，你竟当真了。唉，你这傻孩子呀！”

“是吗？可乡长说那话时的样子，根本不像开玩笑呀！”

“聪明人开玩笑，都是一本正经的。你说，你梁老师的丈夫聪不聪明呀？”

“聪明，很聪明！听说他还是研究生呢！”

“这就对了，他那么聪明，开玩笑当然像真的。果果，你被他骗了。门前的路那么难走，山里人又少，他们怎么会下大本钱修路呢？”爷爷说着，走到果果面前，为他抹了抹满额头的汗说，“下午还有课，你还赶不赶回去上课啦？”

“我，我赶回去好啦！”果果说着，一脸迷惑地抓抓头，转身跳过篱笆墙，向山下飞快地跑去。他一边跑，一边想：“也许爷爷的话是对的，我们家住这么高，路这么难走，难道还有谁真的会为我们修路吗？”

“可是，梁老师的丈夫，以前可从来没跟我开过玩笑呀！”果果又想。

果果想呀想，想得头都痛了，还是想不出头绪，于是，他索性什么也不想了，专心在山路上狂奔。

正如爷爷说的，他是个实心眼的孩子，所以，他天天在这路上跑来跑去，对这崎岖不平的路也没有更多的抱怨，只知道把自己的脚步练得更快一些、更稳一些、更矫健一些。所以，果果走山路，完全可以用这样一个成语来形容，那就是“如履平地”。

“不修路就不修路吧，爸妈不回来就不回来吧，反正爷爷有我照顾呢！反正到时我就是用背篓背，也要把家里的枇杷全部背到山下去卖的。”一旦稳住了自己的心思，果果拧成疙瘩的眉头马上就舒展开了，整个人，就像雨后的青山，是那么清新、明朗、生机勃勃。

这个十二岁的山乡少年，就这样开开心心地跑回学校上课去了。

可第二天，他在上学路上却碰到一群拿着锄头、镐子、铲子的人，他们在山路上刨来挖去。

“嘿，叔叔你们在干吗？”戚果果好奇地问。

“浇水泥路啊。”其中一个长络腮胡子的汉子这样回答他。

“天啊，你们是真的吗？”

“当然，我们是真人，不是机器人，你来捏捏我的手。”那络腮胡子叔叔说着，捏住了戚果果的手。他的手太有力了，痛得戚果果不由自主地倒吸了一口气。

“怎么样，我是真的吧？”络腮胡子汉子问他。

“真的，是真的，哈哈哈！”戚果果大笑。笑得那么傻，那么憨，那么快乐，就像满山都绽开了牵牛花，每朵牵牛花还都吹起了嘀嗒嘀嗒的小喇叭。

戚果果的情绪感染了在场的每个人，大家都跟着他一起放声大笑。

笑着笑着，戚果果一转身，飞快向山上的家跑去。

“我得回去把这消息告诉爷爷。爷爷，爷爷，真的要修路啦！”他边跑边喊，其实那时离家还远着呢，可他就是抑制不住心头的兴奋。

等他真正跑到家门口，看见独自静静坐在门口“看”花、“看”树、“看”山的爷爷，却突然决定什么也不说了。他想：“万一爷爷又说我骗人怎么办？还是把这个消息当成一个秘密好了，到时给爷爷一个真正的惊喜。天大的惊喜！”

就这样，戚果果怀藏着一个大大的秘密，默默地上学、放学，默默地侍候着爷爷。

篱笆上的牵牛花开得更旺了，树上的枇杷一天比一天黄了。

这一天，是星期六，戚果果正在树上摘第一批“鸡蛋红”枇杷。

爷爷坐在门槛上“看”他。

“果果，今年枇杷很会生吧，光靠你摘，你爸不回来，总不是办法啊！”爷爷忧心忡忡地说。

“别担心，枇杷不是熟一批摘一批的吗？我一个人能行，再说……”戚果果很想说“再说水泥路马上就浇好了，山下的拖拉机可以开上来了”，可话到嘴边，他硬把它憋了回去。

哦，心中包着秘密不能说的滋味，就像被枇杷籽卡住喉咙似的，真不舒服啊！

戚果果很想索性把修路的事告诉爷爷，可没等他开口，爷爷已经听出端倪了。

“果果，你听，是什么在山路上哐当哐当响啊？”

“我没听到啊！”戚果果真的什么也没听见，他的耳朵远没有爷爷的好。

可他在高高的枇杷树上看到了，大概一公里路外有群人像蜜蜂似的正在路上爬来爬去。在这群人身后，有条水泥路，正在金灿灿的阳光下闪着迷人的光泽。

“爷爷，我什么也没听到，什么也没看见。”戚果果一本正经地说。他还没忘记爷爷那天说的话——聪明人开玩笑总是一本正经的。

“难道是我听错了？”爷爷扯了扯自己的耳朵，纳闷儿地说。

哧……戚果果笑了。

他虽然马上捂住了自己的嘴巴，可爷爷还是听到了他的笑声。

“果果，傻小子啊，你在骗我吗？”爷爷走过来，用拐杖敲打着戚果果身下的枇杷树干，说，“爷爷眼睛看不见东西，但心里明白得很。你最近老一个人偷着笑，快说这是为什么？”

“说了您也不会信的。”

“我为什么不信？”

“您以前说过我骗您的，说过乡长骗人的。”

“这么说，以前你说的是真的，修路的事竟是真的？他们真的不惧道路的艰辛，在修路？”

爷爷大喜。

“好果果啊，今天你摘的枇杷就别卖了，你把它们送给修路的人吃吧！”

“爷爷，我本来就是这么打算的呢！哈哈哈，我们的枇杷这么大这么红，那些筑路工人一定以为我给他们送的是鸡蛋，哈哈哈，哈哈哈……”果果说着在树上大笑起来。

爷爷则在树下用笑应和着孙子。

这祖孙俩的笑声撞在篱笆墙上，撞得满篱笆的牵牛花都吹起了嘀嗒嘀嗒的小喇叭。

这祖孙俩的笑飞出去越过黄黄的枇杷、青青的树林、五颜六色的喇叭花，远远地飘散在那条新修的水泥路上，仿佛给白白的水泥路裹上了一道七彩的虹。

这条大彩虹，横跨在青山的肩上，在人间欢乐地盘桓着，挑起的可是山里人家幸福生活的希望啊！

春天的秘密

这两天，古河堤旁的溪槐花开了，青玉色的花，一串一串，垂在绿叶间，看上去不像花，倒像一吊一吊的小豆荚。那对称而生的花羽，薄薄的，几近透明，被风一吹，飘飘欲飞，又像是蝴蝶的翅膀在轻轻地闪动。闪得小轮上课一直在溜号，溜到古河堤上去摘槐花了。

今天早上，他已经答应邻家小妹，放学后要为她再穿一条槐花项链的。

昨天那串，她戴在脖子上玩了好久，可惜在洗澡时被妈妈弄断了。今天这串，一定要为小妹穿结实一些，他心里默默地思索着。

只等放学铃声来放飞他的脚步了。

小轮急切地盼望着。嘴唇开始微微翕动，他在重复着数一至六十这一长串数字，每数到六十，就用笔在本子上画一横，这表示，一分钟又被他熬过去了。

他数得专心，画得投入，以至左鼻孔那一挂老鼻涕悄悄流到了唇边，还浑然不觉。

“危小轮，你在干什么？上课又溜号，放学到我办公室来。”突然，班主任的吼声如平地起雷，轰然炸响在他耳际。

“完了，又不能按时放学回家了。”小轮小声地嘀咕着。

从班主任的办公室出来，离放学那阵欢快悠扬的铃声，已过去足足三十分钟。想到小妹还在家门口眼巴巴地馋着槐花项链，小轮将书包往后背一摔，左手往胸前紧紧一握，右手使劲地拍了一下自己的屁股，做了个蛮标准的快马加鞭的动作，飞也似的朝河边跑去。

西天，正红。一团团火云压在河对岸的小山坡上，那山顶的草草木木，仿佛马上就要被点燃似的，可把刚刚冲上河岸喘气如牛的小轮吓住了。

对面的山要是真烧起来，这岸边的槐树林，又会怎样呢？槐花会被烤蔫吗？蔫了的花做起项链戴在小妹洁白如雪的脖子上，还会有丝丝缕缕的清香将她轻轻萦绕吗？

哦，得赶快上树摘花。

小轮选中了小水坝前那棵最高最壮的槐树。它的花，那么繁那么密，倒映在霞光潋滟的水中，就好似满天的星星都跌落在这一条河心了。

小轮痴痴地扑过去，两脚在树干的青苔中一挪一闪，双手在树杈的枝叶间一搭一挂，只一眨眼，他就成了一条游在半空的鱼。

槐香荡漾。小轮半躺在一个掌形的枝丫上，忽然就把一切遗忘了，遗忘了背上撕破了一个口子的书包，遗忘了对岸快要被夕阳烧透的小山，甚至也遗忘了邻家小妹那胖乎乎总招摇在他梦中的小手。

他只想闭了眼，随着槐香漂流、漂流，到天之涯，到海之角……

可一阵骤然响起的鸟鸣，却把他满怀的沉醉啄破了！

是一只红嘴黑羽的长尾鸟，正离他脑袋不到一尺远的地方，张牙舞爪地鸣叫，咕，咕咕！咕，咕咕！它的颈毛倒竖着，双脚乱蹬着，一双眼，睁得比桂圆还圆，一张嘴，直勾勾地对着他，好像是一把随时都会朝他刺过来的尖刀。

原来，这槐树上还有这么凶狠的鸟啊！小轮一惊，整个人不由自主向下一缩，屁股坐空了，身子折成“V”字形重重地往下坠，直碰得槐花如雨纷飞。

糟啦糟啦，眼看着就要跌落到河里，跟小鱼小虾小水草们做一回朋友啦！小轮吓得失声尖叫：“哇！哇！哇！”但身后有什么东西勒住了他，竟是他摔在背上的那个书包，无意间帮他钩牢了一个树瘤子。

等小轮重新在树上站稳才发现，刚才他那魔鬼般恐怖的大叫，已将那只恶鸟吓跑了。不过，它并没有飞远，而是不断围槐树兜着圈子，反复地疾呼："咕！咕咕！"

它对这棵树如此难舍难分，难道这树上有它藏下的宝贝？

小轮曾听人说过，乌鸦会把硬币、扣子，还有其他漂亮的小东西叼到树上藏起来，那么，这只红嘴黑羽的长尾鸟，是不是童话里常常提到的乌鸦呢？

小轮一想到树顶可能还藏着珍宝，手和脚仿佛一下子长出了羽毛，直向树的高处飞掠而上。

他一个树杈一个树杈地寻找，无数串的槐花在他指间拂过。那些手指，被染绿了，被熏香了，他把它们放嘴里吮一吮——一嘴涩涩的清甜。

小妹的槐花项链还是要穿的，但等他先寻到宝物再说吧！哪怕只寻到一只发扣，把它送给小妹，相信她也会欢喜地箍住他的脖子乱亲呢！在她那小小的心中，有时一块带花的石头，就是一颗纯纯的金子哦！

终于，目标出现了！在三根虬结而生拢成拳状的小树干间，有一片贝壳白，从密密麻麻的花叶间闪出一双眼睛。

一定就是它了，乌鸦的“百宝箱”！

小轮不顾那只环树飞翔的黑鸟叫得如何凄厉，他奋力一纵，一手死死抓紧树干，一手霍然朝“百宝箱”攫去。

他成功了，只一下就把“百宝箱”摘了下来！他把“箱子”放低放平，双眼急不可耐地凑过去。天，他看到了什么呀？四张黄金小嘴，一团丝绒羽毛。这“箱”，原来也就是一个普通的鸟窝而已。

深深的失望，就像两个大耳刮子，把小轮的脸颊打得通红。他手捧鸟窝，有点儿不知所措地站在树上，只一味地吸溜着左鼻孔的那挂老鼻涕。

就在他犯呆的一刻，咕！咕咕！树顶的大鸟已猛冲而下，在他手背上狠啄了一口。

“哇！哇！哇！”小轮再一次失声尖叫。大鸟被吓跑了，可窝中的小鸟也被惊哭了：“叽，叽叽！”“叽，叽叽！”它们娇怯地呼号着，脖子伸得笔直，小嘴张得很大。可奇怪的是，它们好像还没有身子，四只小鸟，在脖子以下似乎是连成一体的，它们有着细黄细黄的羽毛，宛若一个个蒲公英花球，在风中瑟瑟抖动。

这是多么好玩的鸟儿呀！

小轮脑中立即浮起小妹拍手欢笑的模样，对了，这不是比槐花项链、比塑料发扣更有趣的礼物吗？

想到这，小轮自顾自嘿嘿地笑了！

他学小松鼠，三蹦五跳溜下树，左手紧抱鸟窝，右手朝自己屁股啪地一抽，“马儿”立即扬鞭奋蹄，嘚嘚朝前疾驰起来。

大黑鸟起先还盘旋着在他头顶悲鸣，后来，小轮钻过一大片橘林，又在小镇的大弄小巷里胡奔乱转了一通，硬把“跟踪者”给甩了。

暮色四合，他回到了家。他自己屋里还黑乎乎的，可对门小妹家已亮起了灯火。小妹正在灯下啃一个鸡翅，歪着头，满嘴油。忽然看见小轮笑哈哈地站在门边，她把鸡翅一丢，跳到他面前，笔直地朝他伸过小手说：“小轮哥哥，拿来！”

“什么拿来？”小轮假装懵懂。

小妹将脖子左右一扭，说：“小花项链呀！还有手链、脚链呢，你说通通要做给我的。”

“啊，忘了！忘了！”小轮一拍脑瓜，苦笑着将脸皱成一团。

“坏哥哥！骗人狗！鼻涕虫！呜呜，坏哥哥！骗人狗！鼻涕虫！”小妹小脚一跺，眼泪顿时滚滚而下。

这小女孩儿，总是说哭就哭。在她的泪水和欢笑之间，连个小小的台阶也没有。

“小妹不哭！不哭！哥哥带你去捕鸟，向你赔礼道歉好不好？”小轮蹲下来，两只眼睛朝小妹一睁一闭，一闭一睁，逗得小妹破涕为笑，说：“真的去？”

“你跟我来！”小轮牵上小妹，正欲出门，却被她妈妈拦住了：“天都黑了，不好好吃晚饭又要到哪里去玩？小轮，你都读小学二年级了，怎么还像小妹幼儿园的同学。”

“嘿嘿，嘿嘿，我保证不走出后边的大院子。”小轮很窘，站在那儿，呼呼吸着他的老鼻涕，小脚一搓一搓，不敢迈步。

“走啦，走啦！”小妹才不怕她母亲，她把小轮猛地一拉，两个人跳过门槛，飞也似的钻向屋后。

“来，顺着这老墙根走，让我们在墙缝里找一找。”在灰团团的暮色中，小轮一脸神秘，带着小妹不断向前摸索。

“啊，我听到啦，我听到啦！”忽然，小妹跳起来大叫，但旋即又把声音降到最低，说，“嘘，别吵，我听到小鸟在叽叽叫了。”

小轮故意问小妹：“是你去抓呢，还是我去？”

“当然我去喽！”小妹扬起手，踮着脚，可她还是够不着。小轮就蹲下来，指指他的背。

当小妹摇摇晃晃站在他背上，将那个鸟窝搂进怀里时，小轮高兴得“嗨”一下，啃了一口地上的青草……

你看你看，小妹望着小鸟的眼睛，电灯有它亮吗？月亮有它亮吗？太阳有它亮吗？

一向活泼好动的她，这一刻，面对那四只小鸟，反而安静极了，只顾着傻笑。

“我白天在这后院玩，怎么就没听见它们叫呢？”小妹紧紧捏着小轮的手问。

“白天啊，白天它们也许还没有生出来吧！”小轮是多么得意，自己导演了这一切。

“它们的小嘴张得好大，肯定是饿了，我们喂它们吃鸡翅膀吧！”小妹跑回屋，将一碗鸡翅膀全捧了来。可小鸟睬也不睬。

喂它们饭，它们不睬；喂它们青菜叶，它们不睬；喂它们小飞蛾，它们还是不睬。

“哦，它们不饿，那我去弄点儿水，看它们是不是渴了。”小妹捧了个杯子去倒水。对门，黑暗中传来了小轮妈妈的吆喝：“小轮子，赶快回来吃饭！”

“来啦，来啦！”小轮答应着，三两步跨回家。桌上，有满满一碗白米饭，还有两个菜，一是煎得金黄金黄的荷包蛋，一是油光碧绿的空心菜。

本来，这都是小轮最爱吃的，可今晚，他每一箸夹下去，挑起的似乎都是小鸟那如丝的绒毛。

他吃到一半，就拿袖子揩揩嘴，说："妈，我饱了！"说完就想往门外溜。可妈妈早料到他会来这一手，已经拿了个板凳拦在门边了："做作业去！每天放学就知道玩，赶快过来写作业。"

天下的妈妈好像总是一样唠叨。

小轮不得已，坐下来装模作样做作业，因为两只耳朵都竖着听对门的小鸟叫了，以致在语文练习本上错写了好几个"叽"字。

叽，叽叽！叽，叽叽！这小鸟怎么越叫越急啊？难道它们连水也不肯喝吗？那，小妹还想得出别的办法逗弄它们吗？

小轮胡思乱想着写完了语文作业，又从书包里抽出数学同步练习册，可无论他翻哪一页，上面尽是小鸟那朝天张着的小嘴，嘴中的红舌头，还冲着他一掀一掀的。

小轮开始觉得那小鸟烦了。

他苦于无法摆脱妈妈的监视想去看小妹烦不烦时，小鸟的叫声却忽然登上了他家的石阶。

是小妹来了！她怀中抱着那鸟窝，垂着头，耷拉着两条小辫，走到他面前，嘴巴一扁，两串泪珠跟着就扑簌而下："它们压根儿不理我，不喜欢我。它们一直哭一直哭，一定是在叫它们的妈妈。小轮哥哥，我们把它们放回去吧，要不然，它们会哭死的……"

"放回去？"外面那么黑，他可不敢走那么远去河边，何况还要爬上那棵高高的老槐树。

"对呀，你拿电筒照着我，我仍旧站在你背上，不就放回去啦！"想到又要去经历小小的冒险，小妹笑了，脸上还挂着泪，就像微微雨中绽开了一朵小紫薇。

"这……这……"小轮这才发觉，自己把事情弄拧了。

他想再圆自己的谎，可越是急越是没主意。

"走吧，好哥哥，别发愣啦，你看小鸟多可怜！"小妹不由分说，将鸟窝往小轮手中一塞，说，"我回家去拿电筒，你可要快点儿来！"

小轮更加没主张了。他回头瞧瞧妈妈，怕妈妈骂，妈妈倒冲他挥挥手说："去吧，你们总是胡闹，你们怎么养得活这出壳还不到半天的小东西呢！这么长时间，鸟妈妈也该着急了。"

就这样，鸟窝回到了后院的破墙洞。

可那儿不是小鸟的家呀！

这秘密藏在小轮心里，像一个跳蚤，咬得他在床上辗转反侧。

远远地，那儿传来了声猫叫。小轮仿佛听见墙洞里的小鸟啼得更慌了。他惊得连忙踢醒妈妈，问："妈妈，妈妈，老猫会不会吃小鸟呀？"

"馋猫馋猫，它们什么不吃？小轮子，半夜三更的你问这干什么，快睡觉，明天还要起早上学呢！"妈妈嘀咕一阵，倒下头，又响起了时轻时重的鼾声。

小轮闭上眼，他确实很想逼自己睡去。可脑海中总有一只猫在追那几只小鸟。它们出壳还不到半天，连翅膀和身子都好像没有分开，它们可怎么逃呀！

"叽，叽叽！妈，妈妈！"小鸟真的是在喊妈妈呢！它们拼命喊，反复喊，也许嗓子都喊破了，想叫妈妈来啄那只坏馋猫，但它们的妈妈在哪？

小轮闭着眼，却看到在远远的河边，在高高的老槐树上，那只泼辣的大黑鸟正在默默流泪。它的泪很长很长，一串一串，在夜风中轻轻摇摆，恰似满树的槐花。

"啊，这都是我的错，我可怎么办呀？"小轮猛然从床上坐起，赤着脚，来到窗边，对着后院，久久发起呆来。

那后院，第一眼看去，确实是黑乎乎的，可过了一会儿，枇杷树的轮廓显出来了，老墙根的轮廓显出来了。又过了一会儿，就连紧紧贴地的苦麻菜的轮廓都显出来了。原来，天上已钻出一枚又细又弯的月牙。

小轮从来没有在这样深的夜里看过月下景色，起先感到有些莫名的恐惧，小腿肚子稍稍有些发颤，可颤着颤着，一缕微笑却爬上了他的嘴角——夜里的树，可不还是树嘛；夜里的土疙瘩，可不还是土疙瘩嘛……并没有什么东西变成传说中的鬼怪啊！

“对，我还是去看看那鸟窝在不在……”想到做到。当小轮悄悄地溜出卧室打开大门，一脚跨出屋外，他忍不住豪迈地将双手叉在腰上。

要知道，这可是他平生第一次在半夜独自走出家门——而他并不害怕。对了，这一幕，小妹要是看见了才好。

小轮目不转睛盯着小妹房间的窗户，吸溜了一下老鼻涕，说：“亮！”灯没有亮。他又吸溜了一下老鼻涕，说：“亮！”灯仍没有亮。他再说，灯还是没有亮。

小轮嘀咕了一句“贪睡虫”，然后多少有点儿不甘心地朝后院走去。

然而，小妹没看见的，天边的那弯下弦月看见了。

看见了这个七岁的男子汉，如何被老墙根下的一块废砖绊倒，如何在一抬头间发现院角落的芦苇在动，如何魂飞魄散转身逃跑，又如何在小鸟“叽叽，叽叽”的恳求下，胆战心惊地回到老墙根，摸到破墙洞，带那鸟窝回了家。

“把这些叽叽喳喳的小麻烦放哪呢？放卧室、放堂前，都可能吵醒妈妈，妈妈要骂，还是放厨房吧。”小轮一边思忖一边来到厨房，可厨房的窗上没玻璃，老猫还是可能进来吃小鸟呀！

小轮怀抱鸟窝，在厨房转悠着，转悠着想法子。他的眼皮一层层压下来，哎，困死了！他站着打了一个盹儿，人一摇，差点儿摔倒，幸好扶住了碗橱。对呀，这碗橱，不是有细铁纱蒙着嘛，又通风又保险，小鸟就先放里边搁着吧。等天一亮，就送它们回真正的家……

小轮做完让他心安的一切，爬上床，没一分钟就睡着了。

渐渐地，东方发白了，东方发红了，东方出太阳了。朝霞揉醒了他的眼，小轮踢踢床那头，糟啦，空啦，妈妈已经下厨房啦！

“哎呀，又要吃唠叨面啦！”小轮翻下床，蹑手蹑脚走进厨房，指望趁妈妈不注意偷出鸟窝。可妈妈就在碗橱边站着哩！那鸟窝，就捧在妈妈手上哩！妈妈的脸看上去怎么有点儿黑啊，好像可以用“乌云密布”造句啦！妈妈的手，在一点点抬高，抬高……她要干什么？

“妈妈，求您别摔！”小轮脱口而出。

“哼，昨夜你捣的什么鬼！那老墙根下可是有蛇的，你不顾小命了。既然这鸟窝不是老墙根的，你又舍不得小鸟死，你从哪掏来还不快送回去。”

小轮听了，欣喜地跳起来，抱住妈妈猛亲了一口。

“嘿嘿，嘿嘿……”亲完了，呆儿子才发觉，他已经很久很久没亲过他的凶妈妈了。记得上一次，妈妈脸上的皮肤好像要比这次嫩许多……

跟以往任何一天都不同。今天小轮出门上学，不是一头推磨的瞎驴，净爱绕小妹那轴心乱转，而是一匹四蹄生风的良驹，只一闪，就从小妹门前跑过去了。

“小轮哥哥，今天千万别忘了给我做槐花项链，我可再也不要小鸟啦！”待小妹从房内跑出来，追得上小轮背影的，也只有她尖尖细细的声音了。

小轮怀抱着鸟窝，怀抱着一个春天的秘密，他一边往河边飞跑，一边想：“今天，就是槐树上的鸟窝像槐花一样多，我也不摘了。”

小轮有妈妈，小鸟也有妈妈的。小轮有邻家小妹，难道就不能让小鸟多几个邻家小妹吗？

妹 妹

一

枫叶黄了。

那条山路，一天比一天轻盈。

一片片落叶，从蓝天的腋窝下溜下地，为一块块白石板镶上了一扇扇小翅膀，整条山路，仿佛都要振翅飞走了。

可那个女孩儿和她的小草棚，却依然稳稳立在半山腰上。

女孩儿十一二岁的样子，消瘦的小脸，是那么清秀，又是那么苍白，很像一朵小茉莉，不过是被绵绵梅雨敲打了很久的小茉莉。小茉莉的一双眼睛，很大，很黑，宛如两个深不见底的水潭。

山路一侧的小溪里，也有这种深黑的水潭。一到深秋，潭面上不是栖满了落叶，就是泊满了草屑，无论有风无风，总有丝丝涟漪在漾动。可是，这小茉莉眼中的潭，却很少激荡起快乐或忧伤的水花。

这小茉莉，太安静了，也太严肃了。哪怕山路上没人经过，哪怕那只她心爱的小松鼠挂挂又跳上了她的草棚，并倒挂在屋檐上冲她滑稽地皱眉、拱手，她也不笑。

她的左手边搁着一只背篓，里面叠放着一包包金红色的柿干。她的右手边则搁着一个书包。书包鼓鼓囊囊的，一看，里面就塞满了一摞摞的课本和繁重的作业。但女孩儿对书包里的作业好像不甚关心，对背篓内的柿干也好像不甚关心，而是跨坐在草棚一侧的木凳上，默默地望着路的下方。

太阳已经西斜，这时的小路明显分成了上下两层，树底的那层，由于树影、山影的遮蔽，暗得发涩；树顶的那层，因挑着夕阳，背着霞光，则亮得耀眼。此刻，整条路仿佛从一只轻盈的蝴蝶变成了一个幽深的长洞……

久久不见有人从“树洞”内钻出来，女孩儿忍不住揉揉眼，自言自语：“看来，今天应该再不会有游客来了，该回家了！”说着，她把书包放进背篓，半蹲下身子，将背篓带子往胸前一甩，左手抓着那根麻绳带子，右手托着背篓的一角，轻轻一发力，就将背篓背了起来，然后，迈开大步一步步往山岭方向走去。

路上的石板，历经了一千多年的风风雨雨，已裂成了高低不平的一块块石头，有的宽厚些，有的很尖细，有些还碎成了一颗颗的大砂砾，可是，颜色却仍然那么洁白。

哪怕天色暗了，那路上的石头，也像一朵朵白茉莉。

哪怕背着沉重的背篓，那女孩儿踩在山路上的脚步，也轻盈得像一缕花香。

“姐姐，我知道的，那一片片比较好看、比较完整的石板像你，所以你叫李茉莉；而我，是那一粒粒的石头碎片，所以我叫李茉子！茉莉和茉子，我们永远都是村庄里最好的一对姐妹花！姐姐，等你病好了，我们就一起来这路上帮游客做点儿事，谁叫大家给咱家捐了那么多钱呢，总不能白要了啊！姐姐，你说对吗？”

女孩儿李茉子，一边低头赶路，一边轻轻地跟脚下的石头聊着天。

当她低低地唤出第三声“姐姐”的时候，她那幽深严肃的双眼里，终于漾出了两圈微笑的涟漪。啊，她那张仿佛被梅雨敲打了很久的苍白小脸，一下子就被夕阳照亮了！

二

姐姐和妈妈，目前都住在城里。

因为姐姐的病，茉子的家，已分成了两半。

妈妈为了给姐姐治白血病，干脆在市人民医院的食堂做起了洗菜工、洗碗工，并在食堂的阁楼里为姐姐找到了一个很安静的小房间，虽然只有三四平方米，姐姐却可以在那儿安心养病，并且不愁吃喝，因为妈妈所在的医院食堂的人总是额外照顾她们母女。

如今，家里只剩下茉子和爸爸。

而爸爸，村里人现在都喊他“木子”。爸爸本来是村里最好的泥水匠，可两年前，他在省城打工时不幸从高高的脚手架上摔了下来，磕坏了脑袋，所以爸爸的名字，也从“李金明”变成了“李木子”。

李木子和李茉子，听上去，多像同一个人呀！

事实上，茉子和爸爸在一起时，觉得他们父女俩真的就是同一个人呢！因为爸爸现在变呆了，小小年纪的茉子，还得做爸爸的“头脑”。

想到爸爸，盈盈浮动在茉子眼中的那两朵笑花，一下子就沉进了茉子心潭的深处。茉子又变成了那个严肃、苍白、忧郁的小姑娘，肩上背着重重的背篓，只顾低头奋力往岭上疾走。

山中的村庄，一般都坐落在山脚下，依山傍水，质朴美丽，就像晾在山岭下的一块块手绢，上面绣满了人间小小的繁华。

可茉子的村庄跟别的村庄不同，它是筑在岭背上的。在常人以为无路可走的地方，以为山穷水尽的地方，山岭往里一闪，竟然浅浅地托出近百幢白墙黑瓦的农舍来，农舍间，还夹杂着一株株高低错落的柿子树。

据说，这个名叫李家村的小村庄，还是唐太宗李世民的一个后裔为避战乱，带着族人来这里开辟出来的，上山的那条石板路也是那时所铺。所以，千年之后，这里很自然就成了一个旅游胜地。

深秋季节，游客们总爱踏着碎成一块块的白石板，踩着一层层浅黄、深黄和橙红的枫叶去岭上看柿子，因为这时的李家村，已经被鲜红的柿子染成了一个个大红灯笼……

上山的路，不算长，总共也就 1800 多个台阶。茉子是从半山腰往上走的。她走得很快，脚步像轻烟一般往上飘。可是，飘着飘着，这股轻烟，一不小心，还是被朦胧的暮色缠住了。

冬天快到了，天黑得早了。

茉子头顶的树，背后的群山，正一寸寸地在变灰、变暗。

茉子不由得加快了脚步。

山道十八弯。就在她抵达进村的倒数第二个弯道口时，她竟撞上了一个人。

不，确切地说，是茉子踩到了一个人的脚，而且那还是一只白白的光脚板。

“哎哟，好疼啊！你这小孩儿，怎么不看路啊！”只听光脚板的人抱着白白的脚丫，大叫。

明明是个四十多岁的阿姨，可她叫起来，声音尖尖的、娇娇的，仿佛还像一个十几岁的小姑娘呢。

这声音把茉子叫得心慌意乱的，她只好卸下背篓冲那女人弯下腰去，说了声：“阿姨，是我不小心，对不起！”

“‘不小心’‘对不起’，你倒说得轻巧！你晓得吧，我的脚，本来走路就痛，现在被你踩了一下，可叫我怎么下山啊……哎呀，天马上就黑了呀！”

这个阿姨，个子矮矮的，身子也开始发福了，像个圆滚滚的柿饼，可她带着哭腔嚷起来，还真像个十几岁的小妹妹。

看着她那副委屈无助的样子，茉子倒是真的对她生出了满腔怜悯。她恳切地说：“阿姨，您别担心，我来扶您下山吧！对了，您的鞋子呢？”

“小妹妹，她的鞋子在我这里呢。你别担心，我们总有办法下山的。天都擦黑了，你要是再扶她下山，等下你一个人可怎么上来呀？”

这时，从茉子头顶那高高的台阶上，有个瘦高瘦高的中年男子急急地冲了下来。他的左手拎着一双白色的高跟鞋，鞋跟细细尖尖的，很像一双银筷子。

茉子一看那“筷子”，就明白胖阿姨为何要赤脚走路了。这样的鞋子，上山勉强还行，可下山，简直是踩高跷走夜路，怎忍受得了这破石路的折磨啊！

中年男子的右手则拎着一个四四方方的大纸箱，绑在纸箱上的细绳子紧紧勒着他的手掌，使那只手掌越发显得瘦骨嶙峋了。这纸箱里的东西，一看分量就不轻。

也难怪了，男人双手都没空，胖阿姨只好赤着脚，自力更生往下走了。刚才偏偏又被茉子踩了一脚，还真是雪上加霜啊！

茉子看看那个瘦竹子似的叔叔，又同情地望了望胖柿饼似的阿姨，说：“没事，没事，我天天都在这山路上走来走去的，天黑没关系，就是闭着眼睛我也能上山呢，就让我扶阿姨下山吧！”

茉子这么说，总以为自己找到了解决问题的办法。

不料，胖柿饼阿姨却连连摇着手嚷：“不用，不用，不用！别人要是看见了，还以为我们夫妻俩在欺负你一个小孩子呢！”

“阿姨，您放心，现在再也不会有人上山了！”茉子说着，上前一步，伸手去抓胖柿饼阿姨的胳膊。

“哎呀，告诉你不用的，不用的，你这小孩儿，没人看见也不要你扶啊，我可不想让你觉得我赖上了你。”胖柿饼阿姨也是好心，她将茉子送过来的手一推。

没想到，茉子身子太轻了，那山路又不平，胖柿饼阿姨竟把她推得朝路侧的深沟摔了出去。

天啊，那可是道十几米深的悬崖啊！悬崖下，则是一个深达数丈的水潭！

一时间，胖柿饼阿姨吓傻了，手捂嘴巴，呆若木鸡。

瘦竹子叔叔则立刻将两手中的东西一抛，扑过去拉茉子。但他慢了一拍，茉子身子已经悬空了。不过，她反应敏捷，竟然一伸手，抱住了沟畔的一棵大枫香树的枝丫。

顿时，纷纷扬扬的枫叶在灰暗的天幕中撒出了大把大把的“金币”。

“哎呀，救命！快来人，救命呀！”直到这时，胖柿饼阿姨才从极度的惊吓中回过神来，对着沉默的群山，扯开她的尖嗓门儿，没命地大叫起来。

“没事了，阿姨，我已经没事了！”茉子一边安慰胖柿饼阿姨，一边用一只脚钩住山路边的一棵青冈树，她把抱住枫香树的手臂腾出一只来，攀住青冈树细直的树干，又被瘦竹子叔叔接住了另一只手，他们一起猛一用力，茉子就从悬崖边上蹿了上来。

“哎哟，哎哟，你这小妹妹，简直吓死我啦！吓死我啦！”令茉子万万没想到的是，还不等她在山路上站稳身子，胖柿饼阿姨就冲过来一把抱住了她，抱得紧紧的、死死的，仿佛要抱到地老天荒之际才肯撒手。茉子只感到一阵久违的暖，从胖柿饼阿姨那软软的胸前嗖地涌了过来，打得她浑身止不住地战栗。

“阿姨，走吧！我扶您下山！”她有些害羞地推开胖柿饼阿姨，又伸手轻轻地抓住了她的胳膊。

“可是，他的纸箱都破了……”胖柿饼阿姨这时已温柔了不少，说话的声音也低缓了下来，“好像我们一下子走不了啦！”

茉子低头一看，呀，瘦竹子叔叔的纸箱，因为他刚才不顾一切地一抛，已被他摔坏在地上，纸箱里的东西也洒了一地——那可都是一个又一个的小柿干呀！

那些金红的小柿干，散在暮色朦胧的山路上，很像

一朵朵彼岸花。

对了，夏秋时节，这千年古道的两边，可都开满了妩媚入骨的彼岸花呢！

但此刻，那开了一地的别样的“彼岸花”，却让瘦竹子叔叔无奈地抓着头，重重地叹起气来：“唉，这可如何是好？如何是好？”

“没事，叔叔，我有背篓的，咱们把这些小柿干捡起来装进我的背篓就可以啦！”

“可你背篓里不是装满了东西吗？”瘦竹子叔叔瞥了一眼茉子放在一旁的竹篓，摇摇头。

“算了，要不我们不要这些柿干了，咱们赶紧走吧，天马上就要黑了。”胖柿饼阿姨的声音又因焦灼而变尖、变细了。

“这柿饼是为了买来给你娘治咳嗽的，怎么说不要就不要了呢？”瘦竹子叔叔的语气有些不悦了，“你呀，都快五十岁的人了，还总是这么任性！出发时我叫你不要穿高跟鞋，你偏穿；刚才我叫你早点儿下山，你偏偏要在山岗上欣赏什么晚霞，现在好了吧，还害得这小妹妹差点儿丧命！”

听瘦竹子叔叔不满地冲胖柿饼阿姨嘀嘀咕咕，茉子心里很害怕，以为胖柿饼阿姨一定会带着哭腔大喊大叫。

不料，胖柿饼阿姨却冲瘦竹子叔叔好脾气地一笑，说：“好了，好了，都是我的错。对不起啦！这小妹妹不是有惊无险嘛，几十斤柿干，又算得了什么呢？”

“真拿你没办法呀！”瘦竹子叔叔只好冲自己的妻子笑着摇摇头。

“有办法的，有办法的，看！”听着那对胖瘦悬殊、高矮悬殊的叔叔阿姨在越变越硬的晚风里放飞的笑声，总是严肃地紧绷着苍白小脸的茉子，终于也笑了。只见她像小猫似的冲到自己的背篓前，将里面的书包一拎，搁在一块较平整的石板上，又从背篓里掏出用小塑料袋套好的小柿干，一包包全搁在书包旁……

然后，她就蹲在山路上，飞速地往自己背篓里捡起了瘦竹子叔叔的小柿干来。

“孩子，你自己的东西堆在这里，可怎么办啊？”瘦竹子叔叔担忧地问。

“这个等我送你们下山后再回来拿就好啦！”茉子轻快地回答。

“这样不好吧，等下你东西丢了怎么办？”瘦竹子叔叔还是不放心。

“叔叔，它们不会有事的。这山路上现在没有人走动了，东西丢不了的。再说，就是有人见了它们，也不会乱拿的。你看，那半山腰上的小草棚就是我爸搭的，早上，我经常把整背篓的柿干搁在那草棚里，自己跑下山去上学。我不在时，只要在背篓上插一块牌子，上面写明‘柿干十元一袋，要买的，请自觉把钱放进一旁的鞋盒’就行了。我在那小草棚里卖了两年柿干，好像还从没有人白拿我的东西呢！”

“什么？什么？你的柿干只要十元一袋啊？”突然，胖柿饼阿姨的嗓门儿又变尖了，“那你家一袋柿干是半斤装的吧？”

“不是的啊！是一斤一袋的啊！”

“啊？那你一斤柿干只卖十元吗？我在山上买来的柿干，一共买了二十斤，还全是二十元一斤的呢！哎呀，我被山民骗啦！我要找他们算账去！”胖柿饼阿姨越嚷越激动，声音也越变越尖。风从她嘴角拂过，吹得那声音像玻璃碴子似的扎人的耳朵。

“不是的，阿姨，他们没骗您，我们村，包括山下的村庄，柿干都卖二十元一斤的！只有我……”茉子说到这里，忽然不吭声了。

“为什么你的柿干只卖别人一半的价钱呢？”这时，连瘦竹子叔叔的声音也因好奇而变尖了。

“这个、这个……是因为现在村里有很多叔叔伯伯都去外地打工了，他们觉得特意卸下工作回家摘柿子不合算，所以就把他们家的柿子送给我爸爸去摘了，因此，我们家的柿干晒得特别多，我觉得我们受了乡亲们的照顾，也要照顾照顾游客的，所以就……”茉子低下头，一边轻轻地说着话，一边飞快地捡着满地的小柿干。

胖柿饼阿姨和瘦竹子叔叔听了，亲切地拍了拍她的肩膀，然后，三人同心协力捡起柿干来。没多久，二十斤柿干差不多全装进了茉子的背篓。哇，刚好装满一背篓呢！

茉子抓起背篓带子，把它甩到胸前，一手揪着它，另一手托着背篓的一角，一使劲，就将那满满一背篓的柿干背了起来。

“哎呀，小妹妹，我来背呀！”瘦竹子叔叔要来抢背篓，却被茉子一闪身躲开了，“叔叔，您只要管好阿姨就行啦！还有她的那双鞋子！”话音没落，茉子那背着大背篓的小身子，就像一缕轻烟似的，轻袅袅地朝山下飘去。

“天色越来越暗了，小妹妹，小心啊！”胖柿饼阿姨和瘦竹子叔叔不禁异口同声地冲那缕轻烟嚷道。

“好的，我会小心的！噢，对了，阿姨，我这双鞋子给您穿吧，它也许有点儿小，还有些破，但您可以趿着，总比打赤脚好呢！”冷冷的晚风中，传来了茉子暖暖的回答。

天啊，她竟然把自己的鞋脱了下来，整整齐齐地摆在了路中间。

虽然这时暮色已将白白的石板路涂灰了，也将石板路上的所有落叶涂灰了，但茉子那双鞋子，却在那石板路上，升起了一面鲜艳的旗子。

那“旗子”在风中轻轻一飘，就从胖柿饼阿姨眼中卷出两大串泪来：“这小妹妹，也实在太让人感动啦，呜呜……”

三

虽然胖柿饼阿姨趿着茉子的小鞋子，瘦竹子叔叔还打开了手机上的手电筒，但他俩一路紧赶慢赶，直到山脚下的停车场，才撵上小茉子和她的大背篓。

不，其实，等他们到了停车场，茉子早已在那里静静地等着他们了。

停车场里，只寥落地停着一辆小轿车，亮着一盏灯。

那盏灯，就挂在卵石垒就的山门上。其实，门只是一个假假的门框，它的四周根本就没有围墙和栅栏。但有了这个门，山上的一切，仿佛才正儿八经成了风景。

此刻，茉子那细细的身子，正偎依在粗粗的门柱上，一张小脸，被晃悠悠的灯光照得愈加苍白瘦削。不过，当她看到胖柿饼阿姨和瘦竹子叔叔走到山门口时，她苍白小脸上的那双黑如深潭的大眼睛，却一下子溅出了激动的水花：“好了，你们总算平平安安地下山啦！”

“哈哈，多亏了你，我们才能平安下山呀！ 谢谢你，小妹妹。你赤着脚，背着这么重的柿干摸黑前行，还走得这么快，难道你是山妖的化身吗？”胖柿饼阿姨一见茉子，又打开双手，把茉子紧紧拥在了怀里。

又一波暖流从阿姨那软软的胸前传过来，流满了茉子全身。茉子陶醉地在阿姨怀里靠了靠，回忆着妈妈从前抱着她时的满怀暖香，鼻子一酸，眼泪差点儿夺眶而出。所以，她很突兀地推开胖柿饼阿姨，说：“快，你们把柿干装到车上去吧，我要回家啦！”

“好好好，等下我就在车里等着，就让叔叔送你上山吧！”胖柿饼阿姨笑着说道。

“不用！不用！不用！”茉子忙不迭地冲胖柿饼阿姨摇摇手。

“不，一定要得，不然我们不放心啊！你看，现在天已完全黑下来了！”

是啊，此刻，天地、群山和小路都偎依在一起，分辨不出各自的轮廓了，仿佛它们都成了浸在一个巨大酒坛里的药料，已被酒浸成一团大大的黑乎乎。

“叔叔，快点儿，把柿干拿去放在车里吧！”茉子看着黑乎乎的树影、山影，不免有些着急了，催瘦竹子叔叔。

“好嘞，小妹妹！”瘦竹子叔叔听话地打开自己那辆红色车的后备箱，将满满一背篓柿干全倒了进去。

“走吧，小妹妹，现在，让我送你上山！”瘦竹子叔叔将茉子的背篓往自己肩上一挂，不由分说地抓住茉子的小手，迈开大步，往山门后的石板路走去。

“您真的不用送我的，叔叔，快将背篓还给我，你们早点儿回家去吧！说不定，我爸爸马上就来接我了！我爸爸今天帮邻居挖鱼塘去了，但我保证，他只要一歇工就会来找我的，我保证！”茉子被瘦竹子叔叔拉着，身子虽然不由自主地跟着他直往前蹿去，可她却一边嚷嚷，一边挣扎着……

“放下她！放下她！”突然，从山路上方传来一声怒吼，随即，一条又长又结实的扁担，就呼啦啦朝瘦竹子叔叔扫了过来。

这次，也多亏得茉子身手敏捷。她见扁担扫来时，用脑袋猛地撞向瘦竹子叔叔的屁股，撞得瘦竹子叔叔跌坐在半块石板上，痛得他哇哇乱叫，却躲过了扁担的突袭。不然，他的脑袋恐怕要被那扁担拍开花啦！

躲过了第一扁担，第二扁担又飞快地扫了过来，这次，还扫得很低，在地表上卷出好大一股旋风……

茉子跳起来，用身子将瘦竹子叔叔挡住，她冲那持扁担的壮汉大喊："爸爸，他是好人，您别打他！别打他呀！"

但是，扁担卷起的风没能收住，仍势不可当地朝茉子直扑过来，吓得茉子趴在瘦竹子叔叔身上，用双手紧紧捂住了脑袋。

就在那千钧一发之际，只听啪的一声，有道白光，在车灯下一闪而过，然后准准地落到了扁担梢头，扁担居然被那道白光挡开了。

当白光落地，重重地摔在茉子眼前时，茉子才看清，那是胖柿饼阿姨扔出的一只白色高跟鞋。

胖柿饼阿姨的高跟鞋和那大扁担狠狠地撞击了一番，居然没坏，而且还保全了茉子的小脑袋，真是一个奇迹啊！

"小茉子，小茉子，你没事吧？"这时，持扁担的汉子已经扔了扁担，像一只粗黑的猿猴，从高处一跃而下，紧张无比地扑上去，一把将茉子抱了起来。

“大木子，我没事！幸好这阿姨救了我！”茉子抱着爸爸圆圆的光脑袋，抚摸着那脑袋上的一道大伤疤，明明惊魂未定，却故意用很淡定的语气对爸爸说道，“记住了，他们可都是好人，我当然也是好人，你却差点儿打伤我们。记住了，以后，你可不能再这么冲动啦！”

“好好，大木子错了，大木子知道错了！大木子对不起小茉子！”爸爸抱着茉子，哇哇大叫。

胖柿饼阿姨从地上捡起鞋子，拉起瘦竹子叔叔，他们夫妻默默地对望了一眼，都轻轻地叹了口气。

因为无论谁只要朝茉子爸爸看上一眼，都会明白，他的头曾经受过伤，智力下降，尽管他长得人高马大，年纪也有四十多岁了，可小小的茉子在他面前，却像他的母亲。

胖柿饼阿姨和瘦竹子叔叔手牵着手，将目光从茉子爸爸身上转向茉子，两个人的眼睛霎时都湿润了。

可茉子却冲他们骄傲地一笑：“我刚刚还在说，我爸爸只要一歇工就会来接我的！看，他真的来啦！现在，你们就安心地回家去吧！我爸爸力气很大的，会背我上山的，你们放心，就是遇到野猪或大灰狼，我爸爸也不怕呢！我爸爸的扁担很厉害的，对了，刚才……你们也领教过啦！”

“是的，是的，好的，好的，我们马上就回家去……”胖柿饼阿姨和瘦竹子叔叔连声呢喃着，都不由自主地冲茉子高高地扬起了手，使劲地挥着，挥着。

而大木子爸爸背着小茉子妹妹，很快，就消失在黑黑的山路上方。

只听满山的林涛，在此起彼伏地唱着一首严肃忧郁又不失温柔甜蜜的歌谣。

风中，有更多的枫叶黄了，落了，但它们被黑黑的山影抱着，连茉子妹妹也看不见它们那鲜亮的美了。她只听到山路两侧所有的枫树，都加入了群山的合唱：哗，哗，哗，永无止息，也永不屈服……

王帅拜师

一

“怎么丢了？唉，怎么丢了？”周六早上一起床，王帅就开始翻箱倒柜地找东西。

他从卧室找到堂前，又找到爸爸的修车铺，把他自己的书包，把家里的每个抽屉和爸爸的工具箱，都掀了个底朝天，可是，依然没找到那张小小、小小的纸片。他忍不住号啕大哭：“丢了！丢了！我把它弄丢啦！”

“什么丢了？帅宝！”奶奶连忙跑过来问。

“名片丢啦！曾师傅给我的名片！”王帅看见奶奶，哭得更响了，“我要打电话给曾师傅。曾师傅说的，我要是有兴趣，可以给他打电话的！”

“哪个曾师傅啊？”奶奶更紧张了，“你小小年纪，竟然要他的名片，他还说你要是有兴趣跟他联系。帅宝，你说，你对什么感兴趣啦？”

看奶奶担心得头发几乎都要竖起来了，哭咧咧的王帅不禁破涕为笑，说：“奶奶，这个曾师傅，就是在我们常山鼎鼎有名的喝彩师曾令兵啊，喏，就是常在电视上出现的那个大光头！每当人们家里要办喜事，有人要结婚、新房子要上梁时，都会请他去喝彩的！”

“哦，是那个大光头呀，我知道！”奶奶用手连拍了几下胸口，大舒了一口气，笑了，“我听见过他为别人喝彩的，声音响、动作帅，好热闹！大家都喜欢！”

“就是，老师请他来学校给我们上课啦！我一看见他，就好喜欢呀！他一开口，我就被他吸引住了！同学们还说，我长得跟他很像呢！奶奶，我想跟他学喝彩！我想做他的徒弟！可是，我把他给我的名片弄丢啦！”说着，王帅的一张脸被他记忆中的曾师傅照亮啦！说着，王帅又因为弄丢了那张珍贵不已的名片，而沮丧不已地垂下了圆圆的脑袋。

“帅宝，你真的想跟曾师傅学喝彩吗？”奶奶摸着王帅新理的“瓦片头”，轻轻地问道。

“真的！”王帅抬起头，用他那双单眼皮小眼睛坚定地看着奶奶说。

“好，那奶奶去帮你想想办法。曾师傅就是我们常山人，奶奶就不信，没有名片，咱还找不到他啦！”奶奶说着就风风火火地跑了出去。

门外初升的太阳将奶奶半白的头发照得一片金红……

二

快中午了，奶奶还没有回来。

眼看着太阳越升越高，气温也越来越高，王帅急得也发了“高烧”。他只觉得心里有一股火苗，烧得他坐立不安。

“曾师傅给我的名片呢？我怎么就给弄丢啦？”他脑子里一直在翻来覆去地想着这个问题，所以依然不停地在家里四处抓挠着，像只吃了油菜花发了癫的小狗。

“帅宝呀，你就想想看，这两天，你到底去过哪些地方？你就到你去过的地方找一找吧！”正在帮顾客修理电动车的爸爸见王帅那么坐立不安，就向儿子提了这么个建议。

“我就去过学校呀！我这就回学校找一找去！”王帅听了爸爸的话，急匆匆地就往外蹦。

“哎呀，帅宝，饭已经烧好了，你吃了饭再出去！”妈妈正端着一碗春笋炖肉从厨房里走出来，忙冲王帅喊。

“没关系，我不饿！我不饿！”王帅一边冲妈妈摇手，一边朝学校方向飞奔而去。

可是，教室门是锁着的，因为今天是周六啊！

王帅在门前徘徊了一阵，见有扇窗子开了一条缝，便抓上窗框，哼哧哼哧地爬了上去。可正当他将一条腿跨进窗内时，另一条腿却被人狠狠地拽住。“小鬼，注意你很久了！你爬窗干什么？想搞破坏呀！”原来，是学校的保安将他抓了个“现行”。

“叔叔，我想进去找点儿东西！”

“什么东西？”

“一张很重要的名片！”

“哈哈，小鬼，你找什么不好？还骗我找名片，你以为我是三岁小孩儿啊，这么好骗！下来，下来，下来！你要是真要找名片，等星期一回学校再说！”保安说着，一把将小王帅从窗台上抓了下来，还将他搡出了校门。

“哼，有本事像曾师傅一样去当喝彩师啊！神气什么？”王帅一边窝火地嘟囔着，一边踢着一块小石头，慢吞吞地往回走。

走到自己菜园旁，他飞起一脚，将从学校门口一路带过来的那块小石头，踢进了一片空心菜畦。石子打破了一片空心菜叶，同时，也将他的思路砸出了一个亮亮的窟窿：“哎呀，那天见过曾师傅后回家，我不是去菜地里摘了一根小黄瓜吃吗？说不定……”

想到这儿，王帅立刻像一块小石头似的朝自己家菜园子的黄瓜架旁飞掷而去。

啊，它真的就静静地躺在黄瓜架下呢！那张印着黑字体的小白纸片儿，映着碧绿碧绿的黄瓜叶，映着鹅黄鹅黄的黄瓜花，看上去是那么美，简直能用他新学的成语“沉鱼落雁”来形容啊！

王帅激动得手也哆嗦了，俯下身子去抓那名片，抓了三回，才将它真正捡起来。

然后，他就高举着那比他半个巴掌还小的白纸片儿，一边兴奋地高喊着“我找到啦！找到啦！”，一边朝家里冲去……

三

很快，王帅就到了家门口。但他跑得太快了，以致与另外一人撞到了一起。

“我找到他的联系号码了！我找到啦！”原来是六七十岁的奶奶，也在兴奋地边喊边跑。

“奶奶，我也找到了曾师傅的名片！我在菜地里找到的！”王帅一把抱住奶奶，大喊。

“我也找到了，通过你姨娘的姑父的姐夫找来了曾师傅的电话号码。”奶奶摸着孙子圆圆的头说，“快，帅宝，打电话去！”

“奶奶，还是您帮我打吧！”王帅“近乡情怯”，把家里的电话机推给了奶奶。

“自己打！哈哈，你要是做了曾师傅的徒弟，还得上台表演呢，怎么连打个电话也害怕啊！”奶奶笑他。

“谁怕啦？打就打！”王帅咬咬牙，很快就按名片上所写的曾师傅的手机号，将电话拨了出去。

“喂，是谁呀？”高门大嗓的曾师傅在电话那头大声问道。

“我是王帅，是县一小的学生，上次您给过我一张名片的，您还记得吗？我……我……我很喜欢您！很喜欢您唱的喝彩歌，我想做您的徒弟！”

别看王帅是个年仅十岁的乡下孩子，可一旦遇到了真正的大事，他胆子并不小。

“哈哈哈，好啊！上次一见你，我就对你产生了特别的好感。后来你的老师请你模仿我的语言和动作，你学得很快、很棒。其实，那时我就希望能收你做徒弟，现在能接到你这个电话，我太高兴啦！哈哈哈！我太高兴啦！”曾师傅在电话那头爽朗地说道。仿佛，他等小王帅的电话已经等了很久很久。

“啊，曾师傅，是不是您答应我做您的徒弟啦？”王帅有点儿不相信似的问道。

“是啊，我答应啦！”曾师傅再一次肯定地回答。

“就……就这么简单啊？”王帅还是不相信自己的好运气，“您就这样，就这样答应我啦？”

“是啊！当然，这还得征求你家里人的同意，最主要的还要征求你自己的同意啊！”

“我奶奶就在身边，她同意的，我爸爸妈妈刚才也帮忙替我找您的名片呢！我不小心将您的名片掉在菜地里啦！我爷爷最喜欢我啦，他肯定也会同意的。我自己，当然更同意啦！不然，我为什么要给您打这个电话呢！”看上去憨头憨脑的小王帅，说话口齿原来这么伶俐呢。

“你要真想做我的徒弟，就要一辈子热爱‘喝彩’这一行，一辈子都要为发扬光大咱们浙西的这一传统民俗而努力。我保证教给你我所有的本领，但你也得向我保证，要潜心学习，要为它付出一辈子的辛苦、心血。你现在年纪这么小，难道真的想好要踏进这一行，真的愿意拜我为师吗？”

“啊，一辈子，那太长太长啦！”小王帅惊讶地嚷嚷。

“是的，所以你要好好考虑，然后再给我打电话。”

曾师傅认真地说。

王帅手握电话，沉思了一会儿，然后冲着电话严肃地点点头，说："我同意自己拜您为师！"

"好，那空闲的时候，你和你家大人一起来找我吧！咱们得行个拜师礼呀！这可是咱们这一行千百年来传下的规矩！"

"好，我明天就来！"王帅兴奋地冲电话喊道，"因为明天正好是星期天啊！"

四

第二天一早，王帅穿上了胸前绣着龙纹图案的明黄色布纽扣中式服装，和爷爷一起，提着一篮子水果，来到了曾令兵师傅的家。

"师傅，我来啦！"王帅一见曾令兵，就大喊了一声。

"哈哈哈，好！好！你来啦！欢迎！欢迎！"高大威武又俊朗的曾师傅，见了虎头虎脑、结结实实的小王帅大笑。

"师傅，我昨天夜里做梦都在喊您师傅！不信，您可以问我爷爷！"王帅邀功似的向曾师傅说道。

"是你妈告诉我的，我可没听到！"爷爷笑着看了孙子一眼，转向曾师傅，说，“这孩子，他妈说他在梦中喊了你好几声师傅。”

“好，好徒弟！我很感动！不过，你要拜我为师，还得先拜拜你的师爷——我爸爸！传到我这一代，咱们常山喝彩歌谣已经有六代传人了，希望你坚持下去，做第七代传人！”

曾师傅话音刚落，一个须眉雪白但身轻体健的老爷爷从东厢房走了出来。

“爸爸，你的小徒孙王帅来咱们家拜师啦！”曾师傅毕恭毕敬地扶着自己年近九十岁的老父亲曾祥泰在堂前的太师椅上坐了下来。

曾师傅的妻子点燃了蜡烛和香。烛光辉映，香烟袅袅。面对那面容慈祥、目光睿智的师爷，王帅不用别人教，就主动跪下来向老人连磕了三个响头。

“好，好，好，本来我还担心常山喝彩歌谣后继乏人呢！现在好了，有了你小王帅来接我们的衣钵，我很开心！小王帅，其实学喝彩先要学做人，你一定要做个忠厚善良、勤奋好学的人，这样，长大成了真正的喝彩师之后，你才能受八方尊重，受乡亲爱戴！小王帅，你可记下我的话了？”

“记下了，我一定会一边学喝彩，一边跟师爷和师傅好好学做人的！”

“好孩子，还有一点别忘了，那就是你还得学好你的功课！”

“这个没问题，我这孙儿，奥数考试是常山县第一名呢！”王帅爷爷在一旁自豪地说道。

“哎呀，这小徒弟原来这么聪明呀！”曾令兵师傅大笑，如获至宝地抚摩着小王帅的瓦片头。

小王帅扶着曾令兵，让他在堂前的另一张太师椅上坐了下来，然后又跪下来，大声地说：“师傅在上，请受徒儿一拜！”

“哈哈，要拜三拜哦！”两位曾师傅，一起笑着冲他说道。

“好，拜三拜！一拜师傅身体好！二拜师傅福寿高！三拜师傅美名扬！”王帅跪在地上，却声如洪钟地唱了起来。

只听在场所有的大人，都冲着机灵的小王帅大喊了起来：“好哇！”

从此，国家级非物质文化遗产——常山喝彩歌谣，就有了新的传人！

暖　雪

没有风，整个雪谷安静得就像一幅画。

云英穿着粉红的棉袄，不断从雪中拖着双腿前行，远远望去，真似一朵紫云英在雪谷中缓缓飘动。

由于昨夜临睡前没有一丝下雪的迹象，今早当她推开门，她的心头立刻涌起了喜悦之情。

云英快速盛了些冷饭用开水泡泡，胡乱吃了，背上书包，迫不及待地冲出小屋。

雪早停了。

积雪比她想象得要厚，几乎都漫过高筒雨靴的靴口了，可她的欢喜比积雪还厚，那是一面小鼓，咚咚、咚咚地使劲敲在她的胸腔里，那鼓声都已经变成歌漫出了她的喉咙。

“我爱你，江南的雪！”云英即兴改了下歌词。

没想到那个悠悠长长的“雪”字，被她甜甜的嗓子一挑，碰上一支嫩竹，唰啦一下，竟有一小团雪，笔直地打在她的头顶心，仿佛雪仙子在跟她打雪仗呢！

云英不禁自顾自笑了起来！

出了村口，拐上山路，白茫茫的雪地上还是一行脚印也没有。

云英掩不住内心的激动，使劲把书包往前一抛，这下子，连书包也在雪中写下了难忘的记忆。

云英十五岁了，她是八岁那年与雪结下深厚情缘的。

那年她上学不久，那年冬天的雪也像今天这么厚，她穿着姐姐的旧套鞋，吧唧吧唧跳过一寸积雪去学校。半路上被大大的套鞋绊了一跤，摔进一片空田，恼得她大哭。她边哭，边在雪地上打滚，直到心中的委屈完全释放干净，才抽抽搭搭地站了起来。

小云英爬上大路后，回头朝摔跤的地方看了一眼。

这一眼，竟把她看呆了，因为雪地上有好大一串她自己的人印子。有仰躺的，有侧滚的，还有一个竟清晰地印着她高高的小鼻子。小鼻子尖儿在雪地上戳了个小洞，小洞里，居然神奇地探出一片圆圆的小绿叶。

哦，那可是紫云英的小叶子啊！那么绿，那么嫩，在皑皑的白雪间，竟仿佛是一颗被冻住的小露珠！

云英平生第一次发现了雪的美，天地的美。

她再回头，看到自己留在大路上那一行小脚印，忽然笑了。

原来，这天早晨，她还是第一个踩过雪路去上学的孩子！她不禁为自己感到万分的自豪。

从此，盼雪就成了她小小心中最重要的一个梦想。

要力争踩着没人踩过的雪地去上学，就成了她小小人生的一个可爱的奋斗目标。

江南雪少，小学几年下来，小云英虽只守候到七场大雪，可她却因为雪，养成了早早上学的习惯。每一天，几乎都是她第一个来到校园呢！

如今，虽上初二了，中学离家有很长的山路，可她依然还是学校里最早坐进教室的学生。

这会儿，她在没有一点儿人迹的雪谷中跋涉，不仅没有半丝恐惧，而且脸上的笑意始终还像山泉之水，汩汩地、汩汩地往外流淌。

雪融在她的心中，那可是一团又稠又香的蜜啊！

爬上小山岗，云英感到有些热，便伸手去解红棉袄的扣子，正在这时，有一个陌生人突然从山岗边早已荒废的小煤窑里蹿了出来，可把她吓了一大跳。

很明显，那人是冲着她来的。

他那极瘦极长的双腿，在雪地上急速跃动，带得雪沫子纷纷乱溅，看得云英不自觉地打了个大大的寒战。

她拔腿就跑，脑子里尽是一些恐怖的画面，她的心在一个劲儿地呐喊：快，快逃！快！

可雪阻碍了她，雪仙子似乎在拼命往后拽她。

静静的雪原，第一次显露了它狂野的力量。

尽管如此，云英还是竭尽所能奋力向前冲着。要是有一只小羊，在雪中逃避饿狼的追捕，那它的惊恐一定就是云英此时的惊恐了吧。

跑着，跑着，云英慌张地回了下头，发现那人离她只有几丈之遥了，她脚下一软，竟像只小球滚下了路坎。

雪软软地托住了她，可她感觉自己已经被摔碎了。就在她挣扎着要站起身的那一刻，一只黑污污的大手已经伸向了她……

“哇！”除了失声惊叫，一时间，云英全身竟僵住了，所有的力气，似乎都逃离了她的身体。她不禁无助地闭上了双眼……

厄运就悬在她的头顶。

她在绝望中煎熬，一秒、两秒、三秒……

可想象中的一切都没发生。

相反，她感觉自己被人扶了起来，那人，还笨拙地帮她拍拍身上的雪渍呢！

这到底是怎样的一个人？

云英慢慢、慢慢地睁开了双眼。她看到了一张正俯视着她的粘着煤屑的笑脸。煤黑，可他的肤色似乎比煤还黑。牙白白的。

云英不明白这人为何要追她、搀她，又对着她笑，所以一脸愕然。

那人见状，并不说话，而是伸出左手的三个指头，右手掌往那指头上盖了盖，然后猛一掀，接着又往山脚那边指了指。

“这是什么意思？”云英更不明白了。

那人仍不说话，只反复做着那一套动作。

云英觉得他莫名其妙，就礼貌地冲他摆摆手，准备继续往前走。凭空受了一场惊吓，她的心到现在还在怦怦乱跳。

见她迈开了步子，那人急了，突地跳到她前面，划拉着细长的手臂，像一堵竹篱笆墙，挡住了她的去路。而且，他嘴里终于发出了声音：“哇哇，哇哇，哇哇！”

哦，原来他不能说话呀！

云英笑了，伸手指指山下依稀可见的学校，表示她急着去上学呢，便嗖地从他手臂下一钻，逃啦！

“哇，哇，哇哇，哇哇！”听那人在身后叫得更急，云英心想：“也许他是要告诉我山下路上出了什么事吧，我当心走路就是。”

很遗憾，山这边的雪地已经有一行脚印把它踏破了，好比刚做的一件新衣被老鼠咬了几个洞洞，云英怎么看怎么心痛。

那特长的脚印，分明就是高个子男人的。今天大雪封山，他不能去深山砍柴，去那废弃的小煤窑，也许是为了挖点儿煤渣救救急吧！

那窑，虽然因煤质太差而被荒了十几年，可经常还是会有人为了省三两个小钱而冒着危险去掏煤烧的。

只是可惜了这一山好雪，被男人踩脏了！

云英走着走着，因为生气而回头看了一眼。哪想，男人居然还像一根巨型尾巴似的跟着她！

她走快些，他快些；她走慢些，他也慢些。中间，跟她总保持着十几米的距离。唉，今天真是倒霉！

他到底想干什么呀？看他有条腿，好像还一瘸一拐的，他不累呀！

此时，云英倒是不怕了，但是越走越窝火，就踢起雪来。都是这让她千盼万盼的雪，叫她遭遇了这等怪事！

碎雪乱飞，宛如雪在叹息，一声叠一声。不知不觉，云英已来到了山脚下的小桥边。

“这一路，不是没发生什么嘛！”云英正在心里埋怨男人多事，身后又传来了男人急急地叫唤：“呀，呀呀，呀呀呀！”云英不理他，可他却猛冲上来抓住了她的肩膀。

“你干什么？”云英恼极，手使劲往上一挣，不小心击在男人脸上，将他的左脸打得一片绯红。

“啊，对，对不起！”云英望着男人，满脸歉疚。

男人举起手，摇摇，再摇摇，表示没事。他将云英推至身后，自己蹲下来将小桥头的雪一阵乱推。

谜底揭开了！

原来，小桥上边那块厚厚的樟木板已经被人抽走了，整座小桥只剩下三根圆溜溜的小木梁。而最可恶的是，那偷木板的家伙还开玩笑般在这三根圆木之上铺了一层稻草，以至在雪的掩盖下，那桥看上去竟跟原先的桥没有半丝差别……

望着男人那哇哇努动的嘴巴，云英花一般笑了。她合起手朝他轻轻一拜。

男人可激动啦，呜啦呜啦叫得更响，还使劲捋起裤管，让她看他的右小腿，那腿上青青红红的，有好大一片伤痕。

男人指指桥那头，做了个踏空跌倒的动作，又指指桥下的一行脚印，要云英朝桥下走。桥下有两米左右宽的小溪，男人还做了个背人跳跃的姿势，指指云英，又指指自己。

这回，云英什么都懂了！

因为懂得了一个人的善，因为感激这个人的善，云英细弯弯的两叶柳眉下，忍不住涌上两汪悠颤悠颤的泪花。

男人望见，误会了，他紧蹙起眉眼，指指天，指指地，又指指他的心，表示天地可鉴，他没有半点儿要欺负她的意思。

“你想错了！”云英朝他笑着，摇摇头，不提防却把眼中的泪花摇了出来。

她怕男人再度误会，赶紧蹲下，飞快揩了泪。那空桥上的稻草，却在她脑中蜇了一下，让她想出一个主意。

“来，我们把这些稻草捆上，扔进溪中心，不也就是一座小桥了吗？反正水浅浅的。”云英就像跟正常人说话似的，跟男人这么说。说完了，就动手结草绳，然后扯过一把稻草来，堆在一块儿。

男人站在一边，默默地看了一会儿，忽然一拍脑袋，笑了。他小心翼翼地跨上圆木桥梁，一捧捧掀起稻草扔给云英。桥上丰腴妩媚的那虹雪，就被一截截切断了，纷纷落下桥去，挂起了一道又一道薄而飞扬的雪帘子。

“真美！”云英面对它们，宛若面对一个雪中奇迹。

终于，所有的稻草都被收拢了，男人将它们结实地扎成一大捆，扛下溪去。

这时，桥头上陆续赶来了好几个学生。他们跟着男人下桥，又稳稳地踩着溪心的那座稻草桥跳过对岸，向学校方向走去，在雪地上，留下了一行又一行脚印。

云英一直站在原地，看同学们纷纷用脚印雕琢对岸的雪原。

她平生第一次看出了那些脚印的可爱。

原来，助人过河，自己的心情竟可以这样温暖，竟可以从那些脚印里看出一朵朵春天的紫云英，在雪地上迎风怒放呢！

云英下溪去的时候，碰到上岸仍欲去煤窑掏煤的男人，她不禁伸出手，与他快快乐乐地击了一掌……

我的小闺蜜家金

日暮时分，正是鸟儿归巢的高峰，大院里的每一棵悬铃木、樟树、水杉和银杏，都被上下盘旋的鸟儿围成了一棵会飞翔、会歌唱的大树。

我很欣慰下了班不需要回家，因为我的家就在这个大院子里。大院前后有五排房子，我就住在第一排房子西侧的楼梯底。除了保安，我是大院里唯一的住户。因我是县报的第一主笔，常常要加夜班赶稿，所以领导特意帮我申请了一个堆杂物的楼底间作为我的单身宿舍。

就这样，每当人们下了班，这个大院，就是我一个人的大院了。

不，是我和那些鸟儿、大树共有的大院。

鸟儿、大树天天唱歌给我听，我也经常唱歌给它们听。

这天傍晚，我坐在门前的走廊上，一边听头顶上的鸟鸣，一边轻轻地哼着一首老歌。这时，我的手机响了，是市日报社的副刊编辑老刘打来的电话："喂，方米呀，请赶快来领人！一个十一二岁的小姑娘自称是你的读者，她进城来找你，却跑到我们报社来了。”

“啊？真的吗？”我吃惊地问。

“千真万确呀！”老刘着急地说，“你快来，我本来都下班了，却被她缠住了。”

“马上，我马上来领人，15 分钟之内一定赶到！”说着，我飞快地朝我的电动车跑去。三四年记者当下来，我行动的速度不知比以前快了多少。

我冲进老刘的办公室就问：“刘老师，人呢？”

“哇，真快！难怪人家叫你‘小方快’啊！”老刘见了跑得满头大汗的我，微微吃了一惊，旋即就兴奋地大叫起来。

“您就别笑话我啦！我的小读者呢？”

“喏，在那里玩得正嗨呢！”老刘朝办公室的后窗一指。我一看，血压一下子升高了。

那哪像个孩子？那简直是个“花疯子”！

老刘的办公室后窗外有个花园。满院子的金丝桃开得正灿。可现在，有一半的黄花，都被我的那个小读者搬到了头上。她为自己编织了一个好大好大的花冠，沉甸甸地戴在头上，小小的脸蛋，几乎都要被那些金黄的花朵淹没了……

“刘老师，她摘了那么多花，您怎么不阻止？”

“我阻止了，可她不听，只对着我傻笑。我看啊，你这小读者，脑子多半有点儿那个……”老刘看着窗外的那个“花疯子”，指了指自己的脑袋说，“反正我把她交给你啦，你赶紧联系她父母，送她回家吧！”

“可是天都快黑了呀！”我一下子急了起来。

“那你就带她去你那住一夜吧。”

我抓抓头，拳头一捏闯进了花园。

我动静挺大，一下子就惹起了那“花疯子”的注意。

“啊，小米老师，你终于来啦！”她一见我，就大叫起来，并朝我冲了过来。

她个子很矮，只有一米二左右，可她戴了那么一顶大花冠，跑动的样子，简直像一棵盛大的花树在飞旋。

那顶直径差不多有半米的大花冠，在她头顶摇来晃去，我真怕它会摔倒在地，跌得粉碎，岂不可惜了那些花儿！

“小米老师，给！这是我给你的见面礼！”没想到，那女孩儿一冲到我面前，就把头上的大花冠摘下来，递给了我。

一股扑鼻的花香，还有一股刺鼻的汗味，一起冲向我，冲得我不由自主打了个趔趄，后退了两步。

“这是我送你的礼物啊！快接住！”女孩儿见我后退，马上朝我跨近了两步，高举着那个花冠，笑盈盈地对我说。

这女孩儿，头发很短，乱蓬蓬的，像个小鸟窠。脸蛋又黑又瘦，高高的颧骨上还有着密密麻麻的小雀斑，像是两块发了霉的绿豆糕。这绝对不是一位漂亮的小姑娘。但她的那双小眼睛，却是那么黑那么亮那么热情万丈，根本就不像是“脑子有点儿那个”的小孩儿啊！

见我避开花冠，默默地打量着她。小女孩儿头一歪，灿烂地冲我一笑，说：“小米老师，你不记得我啦？”

是啊，我还真不记得在哪里见过她了。

见我一副苦苦思索的模样，那孩子直接把大花冠罩到我头上，说：“我提示你一下吧，海天小学。”

海天小学，我确实是去过的。那还是初春时节，我去那学校采访一个获得全省“十佳”少先队员称号的孩子。

“海天”，这名字很大，可其实那只是一个山村小学的名字。因为学校小，所以出个全省“十佳”不容易，校长才将我请去对那孩子做了一番深入的采访。

可是，那个叫宋婷婷的“十佳”，不仅成绩好，有爱心、有孝心，而且长得也很美，有一张标致的瓜子脸，一双大大的杏仁眼，颀长而苗条的身段，还有一口整齐小巧、洁白闪亮的牙齿。

她根本就不是眼前这个雀斑满脸飞舞的矮个儿女孩儿啊！

难道，这孩子是那“十佳”的同桌吗？我用手傻傻地托着沉甸甸的花冠，还在脑子里费力寻找着这女孩儿的身影。

我，真的一点儿也记不得她了。

怕孩子伤心，所以我就冲她笑了笑说：“你一定是宋婷婷的同学吧？”

“对啦！对啦！你总算想起我啦！”女孩儿拍手大笑，又冲上来搂住了我的腰，“你怎么会忘了我呢？那天你采访宋婷婷，还摸过我的头，鼓励过我要好好学习呢！”

经那孩子异常火辣地一搂腰，我脑子里灵光一闪。啊，终于想起她的“光辉事迹”来了。

这孩子是省十佳少先队员宋婷婷的一个辅导对象，老师说她考试常常考个位数的，宋婷婷没少花力气帮助她。可她，好像是唯一接受了宋婷婷帮助而没有任何进步的人。

当时，老师曾遗憾地长叹了一声说：“唉，这孩子，实在是太顽皮啦！心思根本不在读书上！”

老师这么叹气的时候，我眼前的这位女孩儿就站在老师旁边，可她不仅一点儿不难受，反而冲我甜甜一笑，仿佛老师刚刚是在表扬她呢！于是，我摸摸她的头，勉励她要好好学习，奋起直追。

那天宋婷婷所有的同学，几乎都接受了我的采访。所以，这个矮小的小姑娘，很快就被我遗忘了。

万万没料到，这孩子今天会特意跑到城里来找我！要知道，从他们村庄到这城里，少说也有三十公里路程啊，她一个人是怎么来的？而且，今天是周三，根本不是周末啊，她怎么有时间进城乱逛的？

想到这儿，我忍不住一把掀掉头上的大花冠，抓着她细细的胳膊，问："难道你今天下午逃课了？"

"是啊！"女孩儿笑着点点头。

那笑，那点头，就像一把火，烧得我一下子跳了起来："那么，你爸爸妈妈并不知道你进城了？"

"是啊！"女孩儿继续笑吟吟地冲我点头，"我今天数学考了七分，中午回家吃饭时，爸爸狠狠地骂了我，所以，我就来找你啦！"

"这……还有你这样的孩子啊！"我被女孩儿轻描淡写的话吓得又跳了起来，"我跟你压根儿不熟，你甚至都没弄清我是哪个报社的，万一你找不到我怎么办？即使找到了我，我要是不理你怎么办？"

“小米老师，我这不是找到你了嘛！你这不是来理我了嘛！”女孩儿竟仰着脸，冲我撒起娇来，“那天，我一看见你冲我笑，我就知道，小米老师你是喜欢我的！你肯定不会不管我的！”

我看着女孩儿的一脸雀斑，直摇头，女孩儿却报给我一脸更憨厚、更妩媚的微笑。一时间，我实在不知拿她怎么办才好，所以呆住了。

“喂，‘小方快’，快把你的‘方快迷’领走，我要关门了！”老刘在冲我大喊。

我只好冲那孩子点头说：“好吧，你先跟我走吧！”

“要去小米老师家喽！有晚饭吃喽！”女孩儿高兴得一蹦三尺高，差点儿没跳到我肩上来。

“别高兴得太早！”想到自己那小得可怜的楼底间，我忍不住笑了，顺手将那大大的花冠搁在了金丝桃花丛中。

“这个是我的礼物呀，你一定得拿走的！”女孩儿抱起花冠，高高踮起脚，想套在我头上，但被我轻轻一闪，避开了：“这样吧，这礼物，等到了我家，你再给我，好吗？”

想到等下走出报社一楼大厅时，得接受保安人员那严厉的注目礼，我先就感到了无边的窘迫：“等下，你抱着花冠走出报社大门时，可得跑得快一些！”

“好，我就用百米赛跑的速度吧！”女孩儿头一缩，嘻嘻一笑，还冲我吐了吐舌头。

哎呀，其实还是一个蛮可爱的孩子呢！

下楼的时候，她果然跑得跟风一样快。她抱着那个金黄色的大花冠，哧溜一下就从门厅里跑了出去，仿佛完全没有她这个人似的，只见一个大花球，飞速地朝门口旋去，看得坐在门厅里的保安瞪大了眼睛，盯着花球，只来得及喊出一声“啊”，花球就滚没影儿了。

“哈哈哈……”出得门来，女孩儿得意地大笑。笑得一脸雀斑几乎全像小麻雀似的飞了起来。

等我拍拍我的电动车，叫她爬上我的车后座时，“哇！”女孩儿突然发出一声尖叫，“我怎么可以这么幸福呢？我这辈子，还从来没有坐过电动车呢！”

女孩儿夸张地扭动着身子，又飞速朝我身上一靠，紧紧地把我抱住了：“‘小方快’老师，谢谢你，谢谢你！”

“不用谢，快上车吧！”我首先跨上车子，女孩儿爬上车后座。我车子一发动，她就紧紧、紧紧地搂住了我的腰，一股汗酸味从我身后猛地扑了过来，同时，一股热气也从我的后腰冉冉地弥漫开来。

平生还是第一次，有一个孩子如此长时间地、热乎乎地贴着我，我的心一下子生出了百种滋味。我一边慢慢地骑着车，一边问她：“对了，我还不知道你的名字呢，你叫什么呀？”

“你不记得啦？我上次告诉过你的，我叫北京！”

她叫北京？她上次真的告诉过我吗？一个女孩儿叫这样的名字，我怎么可能会忘了？

“你真的叫北京？！”我不信地问她。

“哈哈，我骗你的，我很想去北京。我从小到大，最想去北京天安门啦，所以，我给自己取了这个名字。”

“那你其实叫什么？”

“我其实叫家金。”

“家里的金子？”

“对啦，你真聪明！”孩子笑着夸我，还用力地捶了一下我的背。

“看上去，你也不笨啊！你的接受能力也不错，今天你一见我先喊我小米老师，可一听刘老师喊我‘小方快’，你便马上改了口。我看你的脑子其实还蛮灵的，为什么你数学才考七分呢？”我半开玩笑半认真地问她。

“停停停停！你要是再问这个问题，我就不跟你玩了。我就不要你做我的朋友了。”

没想到，一提起学习成绩来，家金会这么“绝情”。虽然是她主动跑来找我的，但我不希望失去她这个刚刚好上的朋友，所以，我立马闭了嘴，不吭声了。

静静的，静静的，只有车轮在滚动，只有傍晚的风在吹，只有夕阳在燃烧，只有暮归的鸟儿在叫。

这是九月底，天气还很热。

静默着，只感到女孩儿身上的汗味一阵阵往我鼻子里冲。

终于，我受不了了，我问："家金啊，你有几天没洗澡了？"

"我昨天洗澡了呀！"

"可是，你身上怎么有这么重的汗味啊？虽然现在天气还热，可毕竟不是夏天了，你干了什么，才把自己弄得浑身这么臭兮兮的呀？"

"我吗？今天没干什么呀！"家金默默地想了一会儿，然后，在我背上重重捶了一拳，说，"我知道我发臭的原因啦，因为，我今天是走着来的！我没钱，不能搭车，我就顺着公路，慢慢地走来了！"

"天啊，三十公里，你竟然是靠自己的双腿走着来的？"我惊讶得差点儿没从电动车上跌下来。

"其实，我先是搭中巴车来的，搭到一半，人家叫我买票，见我没钱，又没有大人跟着，乘务员就把我赶下车了。哼，满车的人还帮她说话，都想让我乖乖地回家去，还说我有可能被骗子拐走呢！哼，我才不怕呢！他们叫我下车就下车，进城的路，又不是专门让车子走的，所以，我迈开双腿，左脚抬起，右脚放下，右脚抬起，左脚放下，走了一步又一步。老师有一次说过，有一本书上，就是叫人这样进城的。我就这样，不断地把双脚抬起又放下，走啊走啊，终于，顺顺利利地进了城；终于，顺顺利利地找到了报社；终于，顺顺利利地找到了你！一路上，我向很多人问路，可是，我连一个骗子也没有遇到呢，你说我运气好不好？”

听家金如此轻描淡写地叙述着她一路上惊心动魄的遭遇，我呆住了。

我刹住车，向家金低下头，说：“请把你的礼物给我戴上吧！”

就这样，我戴着一个大花冠，戴着满天的夕阳余晖，把一个笑嘻嘻的客人请进了大院。

“哇，‘小方快’老师，原来你家有这么多房子啊！难怪老师说你是大名人呢！”已读五年级的家金，看着满院子的花草树木，看着一幢幢的办公大楼，竟像幼儿园的小朋友那样，发出了幼稚之极的惊叹。

我没有申辩什么，径直将她带进了我的楼底间。

“啊，难道这就是你真正的窝？”看着我那躲在木板楼梯底下的小床，看着靠在床边的小书桌，看着我用走廊尽头的空地隔起来的三四平方米大的客厅兼厨房，家金的一双小眼睛吃惊得差点儿没掉出眼眶。

“‘小方快’老师，连我们校长都说你是大名人呢，你的家，怎么跟我家的鸡窝差不多大呀？”

家金说到这里，眼圈都很红了：“老师，看来你比我爸妈还穷啊！老师，你好可怜……”

我被家金对我的满腔怜悯惹笑了：“我是因为特别喜欢这大院里的大树小花，还有各种各样的鸟儿，才特意申请住在这儿的！”

“大树、小花和鸟儿，原来你也喜欢它们？”

“难道你也喜欢它们？”

“那当然！”说着，家金自豪无比地把头高高抬了起来，都快高过我的大花冠了，“我就是因为上课时总喜欢看窗外树的影子和花的影子，总喜欢听风的声音和鸟儿的声音，总收不回我的心，所以我的成绩才差的。你知道吗？在我们教室的窗外，有一棵特别高大的枫树，树上藏着好几只松鼠，它们整天在树枝上跑来跑去，它们那吱吱的叫声，比老师的话好听多了，所以，我就一点儿也听不懂老师在讲什么了。”

说到最后，家金那天鹅似的脖子，又低低地弯了下来，嘴里还发出了一声重重的叹息："唉，本来我可是我爸的大宝贝，可今天连他都打我啦！所以，我再也不想读书了。我……我要像电视里的人那样，做你的小闺蜜，我保证会对你很好很好的，我保证不让你累着饿着。我还保证，保证不让任何人欺负你！"

"你要做我的小闺蜜？你还保证，不让我累着饿着……"听了小家金的"表白"，我大笑，笑得忍不住蹲了下来，啪嗒一声，连花冠都掉在了地上。

"看来，我找错人啦！"真没想到，小家金会勃然大怒，只见她飞快从地上抱起大花冠，用大花冠指着我的鼻子，气愤地骂道，"原来，你根本不是我心目中那个温柔可爱、善良无比的小米老师！那天，看你冲我笑得像花儿一样美，我还以为你是世界上唯一能理解我的人呢！哪想到，我今天终于遇到骗子啦！你……你就是那个骗子！"

天啊，因为我笑她要做我的小闺蜜愿望，就变成了一个笑眯眯的大骗子？

"骗子"，这罪名可不小啊！

我揉了揉笑得酸痛酸痛的肚子，站起身，费了好大的劲，才沉下脸来，严肃无比地对家金说道："好吧，为了证明我不是骗子，我请你做我的小闺蜜便是！"

“真的？”家金惊讶地望着我，她一定没想到，她狠狠骂了我一通，反而遂了她的愿。她有些不可思议地望着我，迟疑着，将手中的大花冠慢慢地靠向我，接着说：“那么，请你戴上我送给你的花冠好吗？”

“好！”我很爽快地把头伸向她。

重重的花冠，又一次套到了我的头上。

我庄重地整了整花冠，说：“从现在起，我就是你的闺蜜大姐姐啦！那么，大姐姐的命令，你可一定要执行呀！”

“那，那是当然！”

“好的，那你快告诉我，你是哪里人，我好马上打车将你送回家。”

“不，我不想回家。”僵了一会儿，她说，“大姐姐，我恳求你明天再送我回去，好吗？我好不容易才来到你身边，你总得让我住一夜再走吧？就当我是你的客人，你也应该留我住一夜啊！”

“可现在，你爸爸妈妈和老师一定不知急成什么样啦！”

我要来家金父母的电话号码，要打给他们告诉家金现在在我这儿，请他们放心。家金父母的电话一直在占线中，想必他们一定是在到处联系人寻找孩子呢。

“哎呀，大姐姐你可以给我们老师打电话呀！”

“对呀，家金真聪明！我可以给你老师先打个电话呀！”我笑了，家金也笑了。

很快，电话就打通了。

“谢天谢地，这孩子没有丢！没有被人拐走！现在，她家里所有的亲戚朋友，还有我们学校所有的老师，都在翻天覆地地找她呢！谢谢您找到了她！谢谢，谢谢……”老师在电话那头说着说着竟哇地哭了起来。

“哈哈，老师哭啦！原来老师也会哭啊！”凑在我手机边偷听的家金，听老师哭了，忍不住大笑，笑得像个小疯子似的，蹦来跳去，不断舞动着胳膊，挥动着短发，将一股酸酸的汗味洒得我满屋皆是。

“好了，小闺蜜，现在，大姐姐带你去买套新衣服，先请你洗个澡，再请你去好好吃一顿晚饭，你自己说，最喜欢吃什么呢？”我开开心心地搂住了我这新闺蜜的肩膀，慷慨地说道。

我以为，她会更欢喜地跳起来，抱住我，将酸臭味蹭满我的全身。

哪想，本来正在疯笑的她听了我的话却一头扎进我怀里，呜呜地哭了起来：“大姐姐，你真是对我太好啦！自从我考试一次一次不及格后，这世界上就没有人对我这么好了！本来，我是我爸爸的宝贝，可连他都对我失望透了，今天还狠狠地骂了我。你却对我这么好，这一辈子，我都要做你的小闺蜜！下辈子，下下辈子，我也要做你的小闺蜜！”

就这样，我有了一个生生世世的小闺蜜家金。

告诉你们一个秘密，对像家金这样的小闺蜜，其实只要一点点笑意、一点点温暖、一点点爱怜加一点点耐心，就可以让她发生奇迹般的变化。

在“收服”这闺蜜的过程中，我发现，她的嘴巴特别能说，很有语言天赋，我便“命令”她在每个双休日、每个节假日都进城来，然后带着她四处去采访，带着她学写新闻稿。没到一年，她竟然成了我们报社最小的记者。

她对自己有了自信，学习很快也就得到了提高。

当然，我们还是跟过去一样爱看大树和小花，爱听风声和鸟鸣。

至今，我们姐妹二人还住在那个鸟语花香的古老大院的楼梯间里……

麦田里的鸡蛋

细细密密的雨，打在街角的那株栀子花上，风中飘摇着一阵沁人心脾的香。

小张跳下自行车，先张嘴翕鼻，猛地吸了一口花香，这才将车子锁好，脱掉雨衣，默默地向单位的大门走去。

“哎，叔叔……张叔叔，是您吧？请等一下！”突然，有声稚嫩胆怯的呼唤从栀子树下冒了出来。

小张停住脚步，转身望着那棵枝繁叶茂、白花郁郁的栀子树，树下好像没有人啊！

小张感到诧异，不禁站在原地，冲栀子树喝问了一声：“谁呀？”

没有人回答，但栀子树猛然摇晃了一下，接着，一个十岁左右瘦小白净的女孩儿，从栀子树下钻了出来。

她穿了件黄色的儿童塑料雨衣，头发都被雨珠打湿了，样子很狼狈。可是，她望着小张的眼神，却是那么光彩熠熠。

“张叔叔，真的是您吗？我终于等到您啦！”小姑娘一手掀起雨衣的帽子，一手放在背后，紧走了两步，来到小张面前，踮起脚，细细打量着小张，仿佛她是平生第一次看见他似的。

“对，我是张心鑫。小姑娘，你叫什么名字？你有什么困难，尽管跟张叔叔说。”小张把小姑娘拉到门厅里，蹲下身子，亲切地对她说。

“我的困难您已经帮我解决了呀！张叔叔，您不记得我啦？”小姑娘激动得涨红了脸。

“你是？”小张盯着小姑娘看了好一会儿，还是没想起她是谁。

“我是李小水呀！就是李大水的妹妹。”

“小水？你的眼睛已经复明啦？”这下，轮到小张激动得涨红了脸。

“是的，完全好啦！我现在看您，看得清清楚楚，连每一根头发丝都看得一清二楚呢！张叔叔，让我好好、好好地看看您吧！”李小水笑盈盈地看着小张，那双大大的黑眼睛，就像两潭碧澄澄的泉水，水波漾了一层又一层，笑花开了一朵又一朵。

小张看着这个灵气、快乐的女孩儿，不由得咧嘴大笑了起来：“好！太好啦！李小水，现在你可以回学校读书啦！你现在可以像别的女孩儿一样读书、玩耍了，太好啦！”

“当然喽！现在，我想跳就跳，想跑就跑，我好幸福呀！”李小水说着，扬着一只手，开心地在小张面前蹦跳了起来。不过，只跳了两下，她就猛然刹住了自己的脚步。

“哎呀，可别把它们磕碎了呀！”李小水说着，终于把藏在背后的那只手拿了出来。

哇，那手里还提着个小竹篮呢！小竹篮内，躺着六个白里透红的鸡蛋，一个个都粉扑扑的，可爱极了。

“张叔叔，这是我送给您的谢礼。本来，我想送七个给您的，您每天吃一个，可以吃一个星期。可是，我的那只小母鸡，到今天早上为止就只下了这六个蛋……对不起啦，张叔叔。”

“谢谢小水！谢谢！”小张望着李小水那清澈透亮的眼睛，望着她踮脚捧给他的小竹篮，望着篮内那六个珍贵的鸡蛋，眼里不由自主地盈满了泪花。

同时，他陷入了回忆。

那还是去年秋天，身为常山县民间慈善助学组织“麦田计划”负责人的他，得知青石镇初中有个名叫李大水的男孩儿，因为接连遭遇房屋倒塌、父母双亡的惨剧，不仅面临失学的危机，而且精神也变得恍恍惚惚、极度低迷。所以，他赶紧找到李大水，一次性给他捐了五千元学费和生活费，还隔三岔五地去学校看望他，像亲人一样跟他谈心，请他吃饭、陪他玩球等。慢慢地，李大水冰冷绝望的心终于被他的关爱焐暖了，笑容又回到了李大水的脸上。

李大水的同学因为受了小张的感染，也自发地开始关心、帮助李大水。每到周末，同学们都抢着请李大水回家做客。李大水不自觉地成了大家争相照顾的宠儿。李大水的学习成绩也在直线上升。

这下，小张算是真正对李大水放心了。

可令小张万万没想到的是，就在腊月廿四的那天早上，李大水居然在他单位门口的栀子树旁拦住了他，说："张叔叔，求求您，救救我妹妹！"

"啊，你还有个妹妹吗？我以前从没听你说过啊？"小张惊讶地问道。

"其实，我这个妹妹，是从小过继给我堂叔堂婶养的。因为我们家穷，我堂叔从来不喜欢她跟我们来往，我父母去世后，堂叔堂婶怕惹上我这个'麻烦'，就更加不允许妹妹跟我接近了，所以，我也只好当这个妹妹不存在了，一般从不和别人说起她的。可是现在，堂叔堂婶却把妹妹还给我了！”

“为什么？”小张惊奇地问道。

“因为妹妹的眼睛突然生病了，看不见了。堂叔堂婶不想养一个白吃饭的盲人女儿，就把妹妹推给了我……”李大水说到这儿，忍不住泪流满面。

“张叔叔，您看我该怎么办呢？我知道您人好、心好，朋友多，办法也多。您已经帮了我那么多，我不好意思再向您开口了，但为了妹妹，我还是厚着脸皮来了。张叔叔，请您再帮我们一次！请您救救我妹妹吧！”李大水恳求着说。

“大水，有什么不好意思开口的，我心里早就将你看作自己的亲侄儿了，你有事尽管来找我就是了。我会想办法帮助你妹妹的，你放心！现在我上班时间马上就要到了，你先回家去吧，等下班了，我会尽快赶来看你们的。”小张连连答应着。

李大水走了，小张的心也仿佛被这个不幸的孩子带走了。

他是银行的值班经理，也是单位里的业务标兵，工作繁忙，不容分心。但这天，他却有些心神不定。李大水、李小水的遭遇让他牵肠挂肚。他就想着早点儿下班，早点儿去看看李家兄妹。

好不容易熬到下班，小张骑上自行车直奔十公里外的青石镇。由于李大水无房无家，放假期间，他暂住在同学程晓乐家里。

那天，是农历小年夜。天冷，还下着小雪。风雪就像鞭子一样抽打着大地上的一切。当然，也抽打着小张和他的自行车。小张逆风而行，骑到程晓乐家时，天黑了，小张的脸也黑了，被冻得一片乌紫。

李大水和李小水正与程晓乐一家一起吃年夜饭，见小张黑乎乎地闯进屋子，满桌子的人惊讶得不由自主地站了起来。

“张叔叔……”李大水只热辣辣地喊了小张这么一声，就哽咽了。他用自己的小手紧紧捂住小张冰冷冰冷的双手，不断地搓揉着。

程晓乐父亲和小张是老熟人了，这时走过来拍了拍小张的肩膀，说：“唉，我说小张啊，你赚点儿工资也不容易，你也别光顾着帮助这些孩子啦！你看，现在好多年轻人都开上了小轿车，你却还骑着自行车。你也太不会心疼自己啦！”

“是啊，你看你，也到了成家娶媳妇的年龄了，你得为自己多考虑考虑啊！”程晓乐的母亲也说。

“嘿嘿，做自己力所能及的事，只求问心无愧就行了！”小张憨憨一笑，说，“今天我是来看小水的。小水呢？”

“我……我在这里。”这时，一个细细的声音从桌子边传了过来。

小张闻声一看，被吓了一跳。因为说话的小女孩儿居然戴着一副大墨镜。她的小脸煞白煞白的，下巴尖削得像粒小瓜子，墨镜却是那么大那么黑，几乎将她的小脸遮去了三分之二，别人根本看不清楚她的长相。

见小张惊讶地望着小水，程晓乐父亲不禁发出了一声重重的叹息……

“孩子好的时候，不让哥哥去见她。孩子生病了，却当垃圾一样扫出门了。这世上，还有这样狠心的人家啊！以后小水可怎么生活呀！”程晓乐母亲忍不住嘀咕。

“别说啦，妈，您就不怕小水难过吗？”程晓乐责备他母亲。

“是啊，孩儿他妈，别发牢骚啦！”程晓乐父亲也制止他妻子。

程晓乐见他父母又要为小水的事吵起来，羞红了脸。

李大水则尴尬地抱住了妹妹。

“呵呵，我喜欢大水，也很欢迎小水的啊！她的生活费你们不用愁，我会负责的！”小张见气氛有点儿僵，便哈哈大笑着靠近大水和小水，还把右手轻轻地搭在了小水的肩膀上。

没想到，小水却将他的手重重一甩，逃进她和哥哥借住的房间，锁上了门，任哥哥他们怎么叫都不开门。

最后，小张只好给大水他们留下一千元钱，然后骑着自行车，顶风冒雪贪黑地离开了程家。

人，虽然离开了。但小水的大墨镜、小水对陌生人的惊恐，以及她对身边人的不信任，却像一把刀子深深地嵌进了小张的心坎，让小张过了一个牵肠挂肚的新年。

春节假期结束后，小张几乎每个周末都抽时间去看望小水。可是，小水始终不愿意在他面前摘下那副大大、厚厚的墨镜。不过，虽然小水一直对小张存着戒备之心，但小张还是在大水和程晓乐的帮助下，成功地将小水带进了县人民医院眼科中心检查眼睛。

医生说小水的失明是由于视网膜脱落所致，治疗得需要不少费用。

小张觉得单靠自己那有限的工资很难使小水的眼睛得到康复，所以，他开始马不停蹄地联系“麦友”，希望通过常山“麦田工作站”这个集体的力量，为小水找到医术高明又乐意帮忙的眼科医生。

经过两个来月的奔波，在多位“麦友”的热心牵线下，一家医院的眼科专家周雨，终于答应免费来常山帮李小水做手术。

可是，就在周医生来常山的那天，小张的妈妈却因为骨折住进了医院。小张因为要照顾自己的母亲，只好把小水交给了他的“麦友”们去照顾……

没想到，仅仅一个多月不见，一个目光炯炯、活泼灵秀的小水，居然精灵般地主动站在了他眼前。

“是谁带你来的呀？”小张感慨地问。

“是哥哥呀！不过，他骑着自行车将我放在这里，就去实验学校参加数学比赛了，他说等他比赛完马上就来带我回去，我就是想趁哥哥进城比赛的这个机会来看看您呀！我太想见到您啦！”

“可是，你以前也没正式‘见’过我，你怎么认出我的呀？”小张好奇地问。

“我哥哥不是有您和他的合影吗？我眼睛复明以后，已经把它看了十万八千遍啦！”

在细雨中，在浓浓的栀子花香里，小水笑盈盈地望着小张，一边说话，一边更高地把小竹篮擎到了小张面前：“张叔叔，这些鸡蛋，是我自己的小母鸡生的。本来，那鸡是晓乐哥哥的妈妈要杀了给我补身体的，我舍不得杀它、吃它，晓乐妈妈就将那鸡送给了我养，没想到，上星期它竟然开始生鸡蛋了。我想啊，这鸡蛋一定要送给您吃哦！谢谢您为我和哥哥做了那么多好事！谢谢您和您“麦田”里的叔叔阿姨为常山那么多可怜的孩子做了那么多好事！谢谢您！谢谢您，张叔叔！”

“不，应该我谢谢你，小水。谢谢你今天给我的意外惊喜！谢谢你终于肯叫我叔叔啦！谢谢你让我重新看到了你闪亮的眼睛和笑容！谢谢你带给我的快乐！谢谢你，小水，谢谢你重新开始美丽的人生！”

小张接过小竹篮，将它紧紧抱在怀里，眼眶里的泪水流了下来。

这来自“麦田”的鸡蛋，在漫天的风雨中，让小水和小张都感到了无限的温暖。

梅好的桑树

梅好都上初中了，但走路还是一蹦一跳的。她的学校和家是在同一条街上，走路也就十分钟的路程。但她每次更愿意多走十分钟，绕到学校后面去，走那条钟楼小巷。

钟楼在 20 世纪 40 年代被毁，但它的地基还在，钟楼有四座石砌的圆门，把两条在它怀中交叉的古巷，抱成了一个小小的方形广场。这不足二十平方米的微型广场里什么都有。有卖大气球、小风车的，有卖棉花糖、烤肉饼的，有卖针头线脑、背心短裤的，也有卖大蒜小葱、青菜豆腐的。运气好一点儿，还能看到乡下农民挑来的小鸡、小鸭、小狗、小猪。

这天，梅好跟往常一样，一蹦一跳迎着渐渐西斜的阳光，来到钟楼底。她口袋里有三元零花钱，这是妈妈每天给她的“定粮”。她先用一元买了两个油炸馃，又用一元买了一串冰糖葫芦。

油炸馃极香，三口两口就爬进了她的肚子。可那串糖葫芦好酸，酸得她只在上面刻了几个牙印儿，就不由自主倒吸了一口冷气，并把双眼睁得溜圆。

“呸呸，这是什么破东西！”梅好一旦生气，人就变得任性了，她手一扬，把那串“破东西”狠狠地摔了出去，不偏不倚，正好砸在一个人的胸口。

那，是一个须发皆白的老翁。他屁股下垫着一根扁担，贴地盘腿而坐，背倚在钟楼的东墙根上。西斜的太阳，正好打在他的脸上。那张脸呀，皱纹像网一样挂着。每一个网孔里，似乎还塞着厚厚的泥尘。

他被砸了，可他没看是谁砸的他，而是紧紧盯着从他胸口滚落在地的糖葫芦，片刻后，居然一伸手，捡起它，用掌心抹抹沾在上面的灰尘，轻叹了口气说：“唉，糟蹋啦！”

显然，他并没有吃那东西的打算，也许他早就没有吃那东西的牙齿了。

他扭过身子，从旁边的畚箕里摘了几片绿叶，把糖葫芦一包，将它搁在畚箕里的小树上，然后垂下头，开始默默打量自己脚上的旧胶鞋。一只手，有意无意，还在静静地抚摸着他的小树。

对，那确实是一些小树。有枝有叶，有根有泥，比一般的花苗要高大不少。

梅好见那老人眼睛始终不抬起来寻找砸他的“罪魁祸首”，自己反倒不好意思了。她走过去蹲在老人面前，轻声地说：“老爷爷对不起，刚才是我砸了您！”

“这有啥，又不痛！不过孩子，你记住，以后可不能乱糟蹋东西！”老人的话，让梅好红了脸。她羞羞地扭过头，看着老人的畚箕，换了话题：“这是什么树，老爷爷？”

“是桑树。”老人说着，又用手摸了摸那些小树，仿佛那些小树是他的孙子孙女呢，“我儿子造房子，把它们挖了，扔了。我把它们捡回来挑进城，指望为它们寻个好去处，也指望换上几个钱。可我在这儿坐了一天，也没有卖出十棵。孩子，你买一棵吧，桑树好啊，长得快，还能喂蚕哪！”

望着老人骤然热切起来的目光，梅好不忍心地说：“可我们家没有地方种树呀！”

“唉，又是这句话，这句话我都听上千遍了！原来你们城里泥地这么少啊！”

“是的，是的。”梅好拼命地点头，“就说我们家吧，前面是大街，后边是小巷，被水泥路包围了。我们学校也差不多。”

说到这儿，梅好书包里忽然响起了一阵蛙鸣——呱呱，呱呱，呱呱。

卖桑树的老人听了，惊讶得差点儿把两条老寿眉抖落在地：“怎么，你读书还带只蛤蟆呀？”

听老人这么问，梅好笑得直不起腰了。好半天，她才从书包中把那呱呱叫的东西“捉”出来——那哪是什么蛤蟆，分明是一个小手机！

“嘿嘿，你才多大点儿，孩子，怎么就用上这个啦？”

“这可是连接妈妈和我的桥。”

电话确实是她妈妈打来的。妈妈说：“梅好，你怎么还没回家？快回去做作业！你要乖乖的，别让你在外地的爸爸操心。今晚我又得加班，你自己煮面吃吧。”

“是！是！是！”梅好合上手机，对老人耸耸肩摊摊手，“我说它确实是一架桥吧！每天放学时，我妈妈都会先打个电话回家，若我不在，她就顺着这座桥来找我啦！”说着，梅好向老人挥挥手走了，一蹦一跳，小小的身影一会儿就融入了古巷斜阳。

老人又低下头，去研究自己的旧胶鞋。

可没两分钟，一双小巧的黑色皮鞋，停在了那旧胶鞋跟前。

老人抬头一看，怎么那女孩儿又回来啦？

“我想到种树的地方啦！”梅好笑着，喘着气，“我妈妈上班的大院，泥地可多呢！我要买一棵桑树！”

她把手伸进裤子兜里。

可那手似乎被什么咬住了，老半天抽不出来。

“老爷爷，我……我……”梅好是那么窘迫，不只脸蛋，就连脖子根儿也涨红了，“其实我买不起你的树，我身上总共只剩一元钱了。”

“一元钱？好，一元成交！”老人笑了，嘴巴张得老大，里边果真只剩下四五颗牙齿。

那棵桑树，可是经老人千挑万选才被梅好捧在手心的。

起初，梅好感觉自己宛如捧着一大束花。路人每看她一眼，都会在她心里激起一层自豪的涟漪。

不过路实在太远了。钟楼在城北，妈妈的单位在城南。没有钱乘车的梅好，要去妈妈那里，好比要用小脚把这个小城的直径测量一次。她走着走着，怀中的桑树苗慢慢就变成了“石头”——好沉啊！

在经过城中十字路口时，一位用绣花布兜背着宝宝的年轻母亲启发了梅好，她如法炮制，把桑树的根部塞进了后背上的书包里。

这样，在那天黄昏，小小的梅好就成了小城中最奇特的一道风景。

“看，那女孩儿背着小树呢！”

“嘻嘻，有人书包里长小树啦！”

“这小姑娘头戴树枝呢！”

一路上，梅好不知收获了多少这样的惊叹。

晚风吹拂着她，人们的目光追逐着她，青青的桑树叶在她短发上一颤一拂，一摇一摆，梅好每走一步，都仿佛在写一个童话。

因为激情飞扬，再长的路，也变短了。

当梅好来到妈妈单位时，火红的落日刚好沉入一幢高楼背后。许多的鸟儿，正在那院子的一棵棵水杉、香樟、梧桐树梢头盘旋鸣叫，一时间，梅好感到自己的胸腔空了——心仿佛被那些鸟攫上半空了。

原来，树能引来这么多美丽的鸟儿啊！而鸟儿，能奏出如此动听的自然交响乐啊！

梅好卸下背上的书包，轻轻地摸了摸桑树的枝叶，说：“看，以后啊，不知有多少鸟儿会为你唱歌呢！”

在妈妈办公室窗外，在一株高耸的合欢树旁，梅好用捡来的木棍掘了一个坑，把桑树栽了进去，还用脚将上面的泥土踩实了。昨天刚下过雨，泥土还是湿湿的，做这事并不十分困难。

好了，现在在这世界上梅好终于拥有一棵完全属于自己的树了！

当梅好吻别自己的小树，一步一步倒退着离开妈妈上班的大院时，她看到一枚弯弯的月牙，正巧挂上合欢树的头顶。

满树的合欢花开着。那粉红粉红的扇状花羽，就像一蹿一蹿的火苗子，要跳起来，撕开重重暮色的包围，扑上去，拥抱月牙儿，点亮月牙儿，叫天和地都和它们一起尽情燃烧。

而那场真正的大火，是在半年后的一个深夜突然烧起来的。

跟妈妈同一个办公室的小丰阿姨那晚加班，正在她用“热得快”烧水时，她接到丈夫打来的电话，说儿子发高烧了。她慌了神，急忙赶回家，又急忙带儿子去医院看病输液，把那根通着电的“热得快”遗忘了。正是这根被遗忘了的“热得快”，最后引燃了整幢木结构的办公楼。

那夜，当急如鞭炮的电话铃把梅好从睡梦中惊醒，她只听妈妈大叫了一声“啊，办公室失火了！”，便见她的身影从门洞里倏然消失了。待梅好套好衣服追出去，妈妈和她的摩托车早已冲上大街。

“妈妈，等等我！妈妈，等等我呀！”梅好一边尖声叫着，一边撒开脚丫猛追上去。

可妈妈什么也没听见。她还压根儿不知道女儿在自己办公大院里种植着一个秘密呢！妈妈的身影，在清冷的长街上越驶越远，恍如一只白蝶，飘飘然，飘飘然，飞没了踪迹。

梅好没有放弃。她横了心，要和时间赛跑，要去阻挡火焰的脚步，要去救她的那棵桑树。

奔跑！奔跑！奔跑！

汗像泉水一般冒出来，摔在深秋子夜的大街上，摔得一地霜花，腾起一小股一小股的白烟。

终于到失火现场了。

但火，远远比想象中的可怕！

火，原来跟海啸一样，也是会咆哮的。它咆哮着，伸着长长的舌头，要把头顶的苍天撕下来，要把脚下的大地卷上去，要把天地间的一切全用大嘴吞下。

好几辆消防车在向大火喷洒水柱。但大火还在拼命跳着魔鬼的舞蹈。

梅好眼望大火，只觉自己变成了一个轻飘飘的纸人，似乎随时都会被风吹进火堆，浑身上下唯剩恐惧还有重量，还能动弹。

她完全不记得自己来这儿的目的了。就在她准备转身逃跑的一刹那，她看到急速飙动的火舌把高高的合欢树枝点着了。

合欢树在火中大声呻吟。

而它身旁的小桑树，那棵属于梅好的桑树，枝叶蔫了，身子缩了，正在火魔的威胁下默默挣扎，犹如一尾插上竹签正要拿去煎烤的小鱼，一战一栗，无不在无声诉说着它的疼痛。

“对了，我正是来救它的呀！”梅好这么想着，顿时泪流满面。

她扑过去拉一个消防员叔叔的手，叫他救救她的小桑树，还有那棵大合欢！消防员回头瞧见她还是个孩子，把臂膀一甩，大吼道：“快回去，这里太危险！”

一个素不相识的人，把梅好拉到水渠角落，叫她静静地待着别动。

梅好傻呆呆看着自己的小树被烤冒了烟，心中轰一下，也着了火。她再也顾不了那么多了，她跳起来，脱下外套在水龙头下冲湿后，猛然朝大火冲去！

“啊，孩子，我的孩子！”就在那一刻，妈妈发现了她，凄然长啸，接着冲过来一把揪住了梅好的衣领，狠狠地将梅好箍在自己怀里。

“哎呀，快，你们快救救我的小树啊！”梅好在妈妈的怀里跺脚大叫。

她的尖叫声总算引起了刚才那个甩开她小手的消防员叔叔的注意。

“你的小树呢？”消防员叔叔问。

“那……那边呢！看，它的叶子都着火啦！快，救救它！”梅好说着，使劲一挣，撞开妈妈的手，扑到消防员身边，把自己的小手用力按在了他的大手上，和消防员叔叔一起扳过水龙头，把一根白亮白亮的水柱猛然砸向了那个正在小桑树头部逞凶的火魔身上。

终于，火魔被水柱打倒在地，小桑树得救了……

那年冬天，妈妈单位在老办公楼的旧址上兴建新楼。在施工现场，每一个建筑工人都认识了一位名叫梅好的初一女生和她的桑树。

“小心，你们要千万小心，别碰痛我的桑树！它可是一个伤员！”梅好无论见到谁，都会这么叮咛。

而在这串叮咛之外，她常常还会加上这么一句：“也别碰痛那棵合欢树！其实，这院子里的树大部分都是伤员，求你们千万小心，别再碰痛它们了！”

就这样，到第二年春天新办公楼落成之际，那院子里的树，无论是受过伤还是没受过伤的，都一棵没少，都抽了枝发了芽长了新叶；有花的都开出了美丽的花朵，没花的也都散发着好闻的木叶清香。

那棵美好的桑树呢？它不仅长高了，长大了，还在春末夏初之际，向梅好呈上了一个特大的惊喜——它结桑葚了！

那紫嘟嘟的桑葚，水嘟嘟的桑葚，从梅好的嘴巴里骨碌碌地滑下时，梅好觉得，有树的世界是多么甜蜜呀！

瞧，大院里有那么多鸟儿，都冲甜嘟嘟的桑葚飞过来啦！梅好笑着，冲着满院子的树、满天空的鸟儿，伸出臂膀，来了一个最大的拥抱。

风铃儿的石门槛

“风铃儿”其实叫“丰玲儿”。

但自她读了初中，同学们就把她的名字改了。虽然“丰铃儿”和“风铃儿”发音完全相同，可一改“风铃儿”，丰铃儿就变得活泼，变得开朗，变得合群起来了。

也是的，初一二的女生，正是见风就长的年龄呀，风铃儿正披着青春的第一抹朝阳，怎能不一天比一天美丽、可人呢？虽然，现在的风铃儿和过去的那个丰铃儿一样，与妈妈隔着千山万水的距离，但现在的风铃儿，已经彻底习惯了妈妈不在家的日子。

妈妈不在家。

妈妈去遥远的海滨城市开小吃店了，妈妈炒得一手好菜，她说要去海滨城市创业，所以不得不暂时跟丰铃儿告别。妈妈走的第一年，丰玲儿才七岁，读小学二年级。那时，她感觉妈妈走时把她的笑声也装进箱子带走了。有好久她不能笑，不能闹，不能和别的孩子一块儿好好玩。

那时，家里的那条石门槛，就是她的凳，就是她的床，就是她的窝。除了去村小上课，除了她的黑皮小弟硬要拉着她去奶奶家，她总是坐在门槛上盼妈妈回来。

门槛外，是个缓缓下降的土坡。

坡心一条黄泥小路。坡两旁全是荒地，长着摇头晃脑的狗尾草、贴地爬行的白蛇草、黄花星星的蒲公英、红花点点的紫云英和其他各种各样的野草。

小时候的丰玲儿，常常把脸贴在石门槛上，定定瞅着那条被野草包围的黄泥小路，渴望妈妈的笑脸像朵草花似的，越过一朵又一朵真的草花，突然爬上坡来，突然开在她眼前。

妈妈长着尖鼻子，长脸颊，说不上美。但妈妈长长的脸颊上，总盛开着笑的花朵。所以，妈妈在丰铃儿的记忆里，也就是一朵喜洋洋的喇叭花。

这朵喇叭花，一天又一天，一月又一月，开在丰玲儿的思念里，花色已经越来越淡白，花形也越来越瘦削——妈妈的笑脸在丰铃儿心中已慢慢变得模糊陌生了，可丰铃儿依然趴在家门口的石门槛上，想着妈妈，盼着妈妈。盼呀盼呀，一转眼五年过去了，妈妈不仅没有回来，还越走越远。妈妈成了大城市里声名远播的好厨师。而丰玲儿呢，读初中了，变成“风铃儿”了。

现在的风铃儿，已不会那么锥心刺骨地想妈妈了。不过，家门口的那根石门槛，还是她最离不开的宝贝。

乡初中离家有十来里地，就因为舍不得家门口的那根石条子，风铃儿竟拒绝了老师叫她住校的要求，硬是走读了一个学期，起早摸黑，顶风逆雨，硬是为自己练出了一双铁脚板。可惜，期末考，她考出了全班倒数第七的成绩，因为她扑在学习上的时间比住校的同学少了三分之一。这学期，不仅老师要求她住校，连她爸和班里的其他女同学也一致要求她住校。她却还在犹豫、犹豫。

她知道，要是她说出犹豫的理由，一准会让别人笑掉大牙的。谁能相信，那门槛在她心里，就像是妈妈的一个代名词呢！

所以风铃儿什么也不说。什么也不说，只是仍起早摸黑，顶风逆雨走十来里路去上学，再走十来里路回家。回家，只为了在那石门槛上默默地坐一会儿。坐一会儿，她就安心了，仿佛妈妈正在灶底给她准备晚饭，准备好吃的小菜、大菜呢。

这天早晨，跟别的早晨本无区别，无非是春深了，风铃儿门前的荒草坡又开了一片马兰花而已。浅紫的花，在晨风里仰着脑袋，轻轻地摇，把温暖摇散了，撒得满坡都是，让风铃儿不由想起妈妈的笑脸。

“妈妈！”风铃儿在出门上学时，看了看那片开得正旺的马兰花，又摸了摸凉凉的石门槛，嘴里忍不住发出一声深情的呼唤。虽然爸爸也去大城市帮妈妈一起开小吃店去了，弟弟也搬去跟奶奶住了，她的家又寂寥又荒凉，但风铃儿一点儿没觉得家的冷清。妈妈即使走得再远，也没走出这孩子的心呀！

“再见，老门槛！”

“再见，马兰花！”

“再见，我的荒草坡！”

风铃儿用她风铃般清脆的嗓音，与家门口的一切道着别。初升的太阳，打在她脸上，就像为一只刚从毛毛虫变过来的小蝴蝶刷了一层金粉。一时间，风铃儿看上去是那么光彩夺目。

她的眼睛，在晨曦中轻轻眨了又眨，看什么都顺眼、清新，所以，一汪甜甜的笑泉，不禁从她心里嗞地喷了出来，漫过她的脸颊，流遍她的全身，把整个荒草坡都滋润了。

她的笑，真的很像她妈妈呀！

突然，甜甜的笑在她脸上凝住了，变成了一个笑的果冻。

她的目光一直在两棵肩并肩站在一起的窄长叶的绿草上停留。

“啊，玉米秧！”风铃儿尖声叫道。

荒坡上居然又长出了玉米，她太惊喜啦！玉米可是妈妈最爱吃的东西呀！记得妈妈在出门打工前，这门前的坡并不是荒坡，而是一片玉米地呀！

现在，妈妈与风铃儿虽远隔千里，但她最爱的玉米却长出来陪伴风铃儿了。“妈妈！妈妈！”风铃儿一激动，竟扯着喉咙，冲家门口的石门槛大叫。

“妈妈！妈妈！”叫着，叫着，两道泪瀑轰地从风铃儿眼中跌出来，哗哗直往下落。

“两棵太少了，我要为妈妈种一坡玉米，等妈妈回来，给妈妈一个惊喜！”不知怎的，当泪水冲过风铃儿脸庞时，一个决心、一个计划，被风铃儿喊了出来，对着她家那道沧桑的石门槛喊了出来。

说干就干，只见风铃儿把书包一扔，飞快跑回家，从门后扛出一把锄头，在荒草坡上刨起地来。

刨掉了白蛇草，刨掉了四角刺，刨掉了小野葱，刨掉了狗尾草，刨掉了大肚草……风铃儿手中的锄头，就像一把大大的理发剪，给荒草坡慢慢剃着头。剃着剃着，荒草坡露出了一片片黄黄的头皮；剃着剃着，风铃儿额上冒出了一颗颗亮亮的汗珠。

亮亮的汗珠，一颗颗滴进黄土。黄土发出一声声极其细微的噗噗声，仿佛，黄土正在高兴地浅斟低唱呢。

黄土当然高兴——这地球上有哪一寸黄土不喜欢自己怀里种满庄稼，长满五谷呢？

可是，当风铃儿的“理发剪”碰到那些白花星星的野蔷薇、红花点点的紫云英、紫花郁郁的马兰花时，风铃儿就舍不得朝它们开剪了。

怎么办？这样的花草，占了荒草坡的三分之一呢！

风铃儿站在一片高高的酒药花前默默咬着左手食指，咬啊咬，突然，她把手从嘴里抽出来一拍额头，笑了。

在随后的两个多小时里，她一直在重复三个动作：一是把那些花草挖起来，二是把挖起的花草运到荒草坡的边缘去，三是把这些花草沿草坡的四边种在一起。

这样，刚被风铃儿整理出来的这片五六十平方米的空地，就有了一圈红红绿绿、美丽无限的花草篱笆。

篱笆中间的空地上，就并肩儿立着两株小小的玉米秧。

只有两株玉米秧的空地，当然还算不上真正的玉米地。

风铃儿蹲在那两株孤单的玉米秧身边，又默默把左手的食指放进嘴里轻轻地咬了起来。咬着咬着，来主意了！只见她一跃而起，飞快地向山坡下人烟密集的村庄跑去。

她去找村里养肉牛的宝根爷爷。他家喂牛，年年都要种很多玉米，有些玉米，不等结出玉米棒子，就连秆带叶进了牛的肚子。风铃儿相信宝根爷爷不会那么小气，不舍得送她一些玉米秧子。

果真，宝根爷爷不仅应允了风铃儿要玉米秧的请求，还亲自挖了秧苗，放进畚箕，挑到风铃儿门前的空地上。

见风铃儿家里只横着一条石门槛，宝根爷爷心里有些同情风铃儿，又有些佩服风铃儿，他冲风铃儿招了招手说，说："风铃儿，你爹妈都到大城市去创业了，你自个儿还想着种玉米，了不起！爷爷和你一起把玉米种了吧！"

"不用，不用，这点儿事难不倒我的！谢谢爷爷！"风铃儿俏皮地朝宝根爷爷鞠了一躬，立刻把皱着眉头的宝根爷爷逗笑了。

"好，那你自己忙，马上就中午了，先煮饭，吃了再种吧！"宝根爷爷笑着，摇着头，挑着空畚箕，下坡去了。

"哎，爷爷，明天我要把路那边的荒坡挖出来，明天我还来讨玉米秧，行吗？"

"当然行！当然行！好孩子！"

宝根爷爷爽快地答应了风铃儿，半秃的头颅慢慢沉进坡底。而太阳，这时已经升到了最高的天顶。

风铃儿并没有按宝根爷爷说的那样回家煮饭，而是直接拿起锄头，把空地画成一垄垄的，然后，在垄上挖出一个个小坑，把玉米秧一株株分在小坑旁，再蹲下身去，把玉米秧笔直放进每个小坑，用土压实。这样，在风铃儿家的门槛下边，就真的有了一片嫩绿的玉米地！

嫩绿的玉米秧，在阳光下，在花草篱墙的围簇下，嬉笑着，摇头晃脑，一副又调皮又乖巧的样子，让风铃儿不由自主想到了她自己和她的黑皮小弟。

是的，这些玉米秧，多像她和小弟啊！她和小弟，就这样，扎根在家门前，一边慢慢长大，一边在心里默默盼着妈妈回来……

第二天，黄泥小路另一边的荒草坡，也被风铃儿种上了玉米。

玉米秧多了，它们一起在晚风里唰唰地舞动，家门口那道沧桑的石门槛，终于笑了起来。哦，这个门槛妈妈，从此再也不会孤单了。

风铃儿擦擦满头的汗，拍拍满手的血泡，挑起一担木桶，去坡下小河里挑水浇玉米。夕阳正从村后高山顶上慢慢滚下另一面山坡，风铃儿正从玉米坡上急急地跑下河去。

苍天被夕阳洇得橙红一片。风铃儿被夕阳洇得橙红一片。她身后的玉米地，同样被夕阳洇得橙红一片。

大约过了一节课时间，风铃儿空着手回来了。她挑下坡去的木桶呢？木桶里的河水呢？

哦，别急，你看，它们正被一群花花绿绿的女孩儿围着，正被一位个子高高的戴蓝眼镜的男青年挑着，笑哗哗地从坡底冒上来。

这些女孩儿，这个男青年，就是风铃儿的同学和老师啊！风铃儿两天没去上学，老师同学担心了，赶来看她，正好帮上她挑水浇玉米呢！

风铃儿一个人爬上山坡，爬到家门口的石门槛前，一屁股坐了下来，看着满坡青青的玉米秧，看着缓缓升上坡来的老师同学，忍不住泪流满面。泪流满面中，她轻轻抚摸着她身下的石门槛，说："妈妈，妈妈，虽然你不在家，我也很幸福呢，真的，妈妈！"

石门槛听了风铃儿的话，没有应答。但门槛下，那满坡的玉米秧听了风铃儿的话，马上牵着风的衣襟，集体为这坚强、乐观的女孩儿鼓起掌来……

秋红·秋黄

一

深秋，橘子熟了。繁星似的朱橘、芦柑、橙子，撒在梅溪两岸，映得溪水都泛出了淡淡的红光。

村里的人，除了那还不曾学步的婴儿，除了那委实迈不出门槛的老头、老太，几乎都上了山，下了田，去采橘。

学校也为此专门放了农忙假。上初二的秋红和上小学二年级的秋黄，此时就和爸爸、妈妈还有爷爷在橘地里忙得团团转。

“哎呀，哎呀，我的手都勒断了！我们家为什么不雇人呀？”秋黄从一棵矮树底钻出来，就像小兔子拔萝卜似的拖着一筐篓芦柑，一边使劲，一边叽里咕噜直埋怨。

“方圆几十里，大家都在剪橘子，到哪里去雇人？”爸爸呵斥她。

秋黄就朝秋红吐出舌头，身子往后一翻，做了个晕倒的动作。秋红被秋黄逗笑了，她正站在高高的橘梯顶上，笑声飞出来的时候，她的手一划，把身边的橘篓带翻了，里边的橘子从半空摔到地上，一个个全都皮破肉烂，惹得爸爸又是一顿呵斥："闹吧！闹吧！今年三万多斤橘子，这才剪开了头，到时候，看你们谁还有力气闹！"

这下子可轮到秋红"晕倒"了，因为她知道，那三万多斤橘子，不仅要一个一个地剪下来，而且还要一个一个地用保鲜袋套起来，人不知要累得脱几层皮，才能把它们一一装好呢！

其实，村里也有不少亲朋多、路子广的人家剪橘是请到帮手的，不过，既然她的父母一年到头连村口的大桥也难得踏出去一回，到这"抢秋"时节，也就不要奢望有外人会从那大桥上冒出来帮他们一把了。

一阵风吹过，那均匀涂抹在橘树上的阳光，被翻出了千层的金，万层的银。它们晃花了秋红的眼，秋红就抬起脖子，朝百米开外的大桥望了一眼。

这一眼，可差点儿酿成一场事故。因为秋红不仅在又短又窄的橘梯顶打了一个趔趄，而且嘴里还发出一声惊叫："哇，秋黄，你看，你看，桥上有一根豇豆秆呢！这人那么瘦，是从哪冒出来的？"

“哪里？我看不见！”秋黄嚷嚷着，顺手把橘篓往地上一放，俯下身子钻过两棵枝丫贴地的蜜橘树，爬到溪堤上，仰头朝桥上瞄了瞄，吐出一口唾沫说：“哼，八成是秋游的人！你看他那么白，还戴遮阳帽呢！你看他多悠闲，我们却忙得不行。”

话是这么喊，可秋黄到底胆小，所以声音轻轻的，桥上的人没听到。只见他脚下用力一蹬，胯下的自行车像匹野马，朝桥这边飞越而下，一眨眼间，他那豆芽般纤细的身影就消失在桥头那片黄澄澄的柚子林间了。

“他还骑自行车？从城里到我们这儿，有整整25公里的路哦，看来这瘦猴也许不是城里人。”秋黄正议论着，爸爸已一脚跨到她面前，将她拦腰从溪岸上抱回橘田：“我说小祖宗，你少说两句话，多帮我剪两个橘子行不行？”

“行，当然行！”秋黄再次朝秋红吐了吐舌头，做了个佯装晕倒的动作，然后把双唇紧紧一抿，开始认认真真地干活。秋红也赶忙把手伸向一个个碗口大小的芦柑，咔嚓咔嚓，咔嚓咔嚓，让橘剪声在半空响成一抹流霞。

静静的橘园，此时唯有橘香在默默地飘散。

那，是橘叶的清香，桔梗的苦香，还有橘子的甜香。它们彼此糅杂，相互交织，把剪橘人和脚下的黑土、头顶上的蓝天都染得一片喷香。

有只小蜜蜂，大概是被这片浓香熏醉了，好几次都差点儿撞上秋红的橘剪。

“去，别来烦我！没见我正忙吗？”秋红挥手去赶小蜜蜂，树下却响起了奶奶的笑声：“不来烦你，我可把点心拎回去了啊！牛肉青椒炒粉干，还有刚熬的米汤，你不馋吗？嘿嘿嘿……”

“奶奶，奶奶，我的好奶奶，可把您盼来啦！”秋黄在树下，率先冲向奶奶的点心篮，却惊讶地“咦”了一声，“奇怪，奇怪！这瘦猴怎么跟你来了，奶奶，刚刚我们还在大桥上看见他呢！”

“今天我运气好！刚才在路口遇见他，他说要给我们村里人当什么‘剪橘’支援者，我就赶紧把他领到我们地里来啦，我们家不正缺人手嘛！”奶奶由于行动不便，平时很少走出家门，所以说话做事总透着一点儿与世隔绝的天真，“对了，他还说这支援者，是不要工钱的，嘿嘿，我白给你们捡了一个宝，对不对？”

“娘，你看他的身子骨，稻草似的，我担心风一吹他的人都要被刮跑，您还敢捡来当支援者，万一有个三长两短怎么办？再说，他还只是个半大的孩子，瞧他的样子也不是会干农活的角色啊！娘，我看您还是把他带回去吧！”爸爸用土话跟奶奶嘀嘀咕咕。

奶奶却将手一拍，朗声说：“怕啥？难道他还抵不上我们的秋黄？”

“秋黄虽然力气嫩，可已剪了两三年橘子了，可他……”爸爸梗起了脖子。

男孩儿竖起耳朵听，虽然似懂非懂，却很清楚那一对母子在争执什么，因为一路上，由于他身子骨瘦，已被拒绝过好多回了。

他很尴尬，小白脸上的红色在渐渐加深，好像一只下了油锅的虾米，越炸得熟，越红得透。见秋红和她妈妈分别从两架橘梯上爬下来，相继加入“观赏”他的行列，他越发无地自容。

他有一口白白的糯米牙，而那牙正使劲地咬自己的下唇，在唇上印下一排牙印后，放开，又咬，再放开……

他的目光，好似两只遭人围捕的初飞小麻雀，扑棱棱地四处乱撞，最后，总算找到了安全的栖身之所——那是摆在橘田中央的两满箩柑橘，是新从树上剪下爸爸正欲挑到路口的独轮车上去装车的。

箩绳已经拢好，扁担都已插上。

男孩儿若有所思地望着它们，一分钟，两分钟……突然，他脚下的球鞋一弹，整个人豁地冲到那担柑橘面前，把扁担往左肩上一扛，嘿，一百二三十斤重的担子，居然被他挑起来了！

他开始迈步，脚打着战，人打着晃，但他坚持着，踉踉跄跄往前挪，好半天，挪到橘田边，却被那条一尺多高的田埂挡牢了。他想跨上去，可橘箩荡悠了几次都没成功。秋红就在一边提醒他："你应换右肩挑的。难道你真的从来没挑过担吗？"

男孩儿不说话，也不换肩，而是用双手摘下担子，并不让箩筐落到地面，就那么半擎着，将堆得小山似的一大担柑橘提上了田埂……他瘦瘦的人在田埂上摇，那红红的柑橘在田埂上飘，就仿佛是两堆跃动的火苗，簇拥着男孩儿一步一步地向前，向前……

终于，爸爸被感动了，他跑上去接过男孩儿的担子说："好了，你留下吧！不过，我可不能白让你'支援'，到时候我算工钱给你就是，一天 70 元，你看怎么样？"

"好！咱们有帮手啦！"秋黄鼓掌。

秋红鼓掌。

就连劳动时喜欢将自己沉默成一块土疙瘩的爷爷也啪啪、啪啪地为男孩儿拍响了手掌。

可男孩儿却在拼命摆手："真的，我真的不需要工钱。我是来当志愿者的，不要工钱！"

“到底是支援者，还是志愿者啊？怎么这名称这么怪？”爸爸问。

“是志愿者！我知道，现在社会上有许多好心人，都愿意不领工资白帮别人干活呢，这就是志愿者！他一定就是这么个好心人！”秋红在一旁替男孩儿解释。

男孩儿点点头，连脖子也羞红了。

“哦，好心的孩子，你叫什么？”妈妈满腔怜爱地递给男孩儿一条毛巾，示意他擦擦那因挑担而流出的满头汗珠。

男孩儿腼腆一笑，说：“夏力。”

“夏绿！哇，你叫夏绿？我叫秋黄，我姐叫秋红。你叫夏绿，那你不是像我们的哥哥了吗？”

“哈哈哈，这就叫缘分啊！快，大家吃点心，吃点心！”奶奶脸上的欢喜与秋黄脸上的欢喜如出一辙。她们的笑声高高撒开，就仿佛在碧绿鲜红的橘园之上放飞了两只金黄金黄的风筝……

二

傍晚，收工了。

秋红、秋黄还有夏力，三个人坐在一块圆乎乎、光溜溜的大溪石上洗尘。

夕阳的余晖在波光粼粼的水面上化成了千万只红嘴鸥，静静的水下好似还蕴藏着它们无限欢腾的鸣叫声。

秋黄从水底摸起一片又扁又薄的小卵石，侧起身子歪起头，手一抡，那石头飞向不远处的一个深潭，唰，唰，唰，唰，居然一连在水面漂了四漂！

“哇！”夏力不由自主发出一声轻叹。

“我姐更厉害，最多时她一次能打七个水漂儿呢！你能打几个？”

秋黄其实是在逗他们家的志愿者开口说话。

这瘦猴，很不好玩，都与她俩在同一片橘田里劳动了大半天，可无论你问他什么问题，他都不吭声，只知道用咔嚓咔嚓的剪橘声来回答你，闷死人了。

单薄瘦削的他，坚硬执着得宛若橘剪上的刀片，只晓得使劲切割着橘蒂。他剪橘的速度，最初还不如秋黄，可渐渐地他把秋红都甩在了后面。看他飞快地在橘树间蹿上跳下，爸爸微笑的嘴角已越翘越高。

“哎，这人干活不要命，简直就是老爸的翻版嘛！”秋红溜到树底与秋黄耳语。

秋黄哧哧一笑：“说不定他是咱们的远房亲戚呢！今天故意找机会来寻亲的！”

“看劲头像，可看样子不像，没听老爸说过有什么远房亲戚要过来探亲……”

姐妹俩一边开玩笑，一边猜测着、想象着，一直到日落歇工。

见夏力跳下溪岸，跳上一块大石头洗手洗脸，她俩赶紧也跟了上去……

不过，当秋黄朝溪水里扔那块小卵石的时候，她并不知道，她那打水漂儿的表演，真能成功撬开瘦猴的嘴巴。

“我……我……”他嗫嚅着，慢慢打开了话匣子，白皙的瓜子脸上霎时飞出两片红云，“我不会打水漂儿，我家住在城东，那儿离河太远了……虽然假期里也跟同学在河边学过几次，可我太笨了，没有学会。”

“还有男孩儿不会玩这个呀？”秋红的眼睛黑黑的，本来几乎看不见眼白，可此时由于惊讶，已变得黑白分明，“听说城里的孩子比我们乡下孩子厉害多了呀，你怎么……”

“其实，我们学习任务很重的，很少时间玩的！”

“那为什么，夏绿哥哥你还有时间来做志愿者呢？”秋黄一面问，一面又打出一串水漂儿。

“我下个月就要随父母移居国外了，最近没上学，所以我就有闲工夫做点儿自己一直想做的事情啦！”夏力一边说话，一边轻轻用手拍着水，水面上，就漾出了一圈又一圈可爱的涟漪。

“什么？你马上要出国啦？那你还回来吗？”秋黄大叫。

“不是，是我爸我妈要去澳大利亚当工程师，我跟他们过去读几年书，然后我就回来的！”夏力认真地说。

“我相信你！”秋红认真地点点头，忽然也跟秋黄那样大惊小怪地叫了起来，“血泡！你手心有血泡！”

是的，在夏力窄窄的手心上，居然躺着三个大大的血泡呢——被橘剪磨出的血泡！这个长相特别瘦弱的男孩儿，为了帮素不相识的人家干活，居然把自己的手都磨破了，这是一个多么可敬的志愿者啊！

三

这是一座独门独院的农家小屋，屋后有竹，竹正在晚风中簌簌摇摆；院前有塘，鱼正在月光下悠悠嬉戏。屋内，爷爷奶奶已睡了，爸爸妈妈还在看电视，而院中，三个孩子正在捣弄一辆独轮车。

是夏力在学推车。

秋红、秋黄分坐在独轮车两侧，见夏力双脚一撇一捺，一捺一撇，在地上胡乱画着“8”字麻花，将那车推得东倒西歪，如一个醉归的大汉，姐妹俩不禁笑得前仰后合，宛若在小院中炸响了两串噼里啪啦的小鞭炮。

天上的月亮也在笑，将弯弯的嘴角都笑歪了。不过，它大概是嫌自己失态，所以只朝院中凝视了一阵，便钻进云层躲了起来。

躲着躲着，它忍不住睡着了，天上有好多的云都跑来作它的棉被。夜空，不禁变得很暗。

“你们早点儿睡，天气预报说明天要下雨……”爸爸的话和叹息声，是从灯火灼灼的窗口传过来的，可它却仿佛来自既冷又黑的蛇穴，一下子就将姐妹俩脸上的笑花打蔫了。

剪橘时节，农人最担忧的莫过于下雨了，因为深秋的雨，往往都拖着白色的尾巴——霜冻。而那些最大最红最嫩最甜的橘子，恰恰又最不经冻。

唉，这一夜，枕头知道，爸爸在床上辗转了几回。

早起，果真有细细的雨在人们恼怒的注视下怯怯地敲窗。虽然每一滴雨点落下，脚步都是畏畏缩缩的，可地上还是很快积起了一个又一个小小的水洼。

“今天……还剪橘吗？”秋黄见爸爸坐门槛上发呆，便像小狗一样蹭过去问。

“不剪，让它们烂在地里吗？”爸爸使劲地瞪了秋黄一眼，“去，到厢房去看看夏力起来了没有？”

“好的。”秋黄乖巧地答应着，正欲转身离开，只听院门嘎吱一声，被什么东西撞开了。

从门外探进头来的，竟是满满一独轮车红艳艳的柑橘！

是哪个勤快但车技拙劣的家伙将起大早冒雨剪下的柑橘推进秋家小院来了？

爸爸静静地等待着推车人的身影落入他的视野。

当然，只一秒钟，那人就出现了，先是两只紧握车柄的瘦手，然后是用力推车弓成虾状恍如轻轻一掰就断的细腰，最后是一张雨珠汗珠交相滚落的小脸。居然是他们家的“支援者”夏力！

在湿漉漉的他身后，还跟着湿漉漉的爷爷。哦，这一老一少呀！

平时说话总那么粗声粗气的爸爸面对此情此景，不禁暗暗红了眼圈……

“瞧，我终于学会推车了！”走进院子，夏力兴奋地冲秋黄这么喊。秋黄没有说话，只是高高、高高地向这个来自城市的少年竖起了大拇指！

福
福

四

细雨，飘飘洒洒，为天地织起了一面硕大无朋的珠帘。

一颗又一颗晶晶闪亮的水珠，在一个又一个朱红、橙黄的柑橘上楚楚滚动，橘叶还用黛绿的手掌小心地捧着它们。

那美，就像一张网，把夏力的灵魂给捕走了。

但是，寒冷是另一张网，紧紧网着他身上的每一寸肌肤。

临溪橘园的柑橘剪光了，他们就上了这座矮矮的橘山。山矮，树小，本指望树上的雨水能不打湿他们刚换的衣衫。可一小时不到，藏在塑料雨披下的袖管裤管照样还是湿尽了。

“拜拜您！拜拜您！不要再下雨了，好不好！”秋黄已在老天爷的眼皮底下佯装冻晕了好几次，无奈依然在下雨。

“这么冷，孩子们你们还是先回去吧！”这话，妈妈其实已重复了许多次。但三个孩子没有一个听她的。

“妈妈，您能坚持，我就能坚持！”秋红说。

“姐能我也能！”秋黄说。

“那夏力你先回，你是城里的客人，没在雨中干过农活，要是感冒了，我对不住你父母，我暂时就不要你支援啦！”

“难道我真还不如秋黄？爷爷，爷爷您看……”夏力向爷爷求援。

听夏力唤他，爷爷从远远的一棵树下钻出身子，冲妈妈摆着手说：“就让他们练练吧，不管是乡下孩子还是城里孩子，是孩子不都需要在风雨中练练翅膀嘛！”

得，这一帮老老少少胜利了。

妈妈看看四周的小山包上，都是冒雨“抢橘”的乡亲，她不禁无奈地点点头。说实在的，他们秋家，除了这几个小的一个老的，还剩几个劳力呀？

抢橘，抢橘，一年的血汗，差不多还都悬挂在树梢头呢，能在霜冻来临之前，抢回一个算一个吧……

经过一番争论，雨点似乎稀疏些了，而咔嚓咔嚓的剪橘声，变得更繁更密。

正当三个孩子以少有的严肃与沉默挤在同一棵树底快速围剿着枝头的一个个红果果时，山下小路上，忽然有人冲这边大喊：“秋红，秋红，你爸翻车啦，刘大个的车在后边撞了他，你快下去看看吧！”

秋红飞奔。

秋黄飞奔。

夏力也飞奔。

等他们赶到出事地点，爸爸已经将打翻的橘子重新捡回箩筐，车也重新扎好了。

“爸爸你没事吧？”秋红、秋黄异口同声地问。

“没事，没事！刘大个只是从边上擦了我的车一下，都怪这下雨天路滑。”爸爸说得很轻巧，可当他俯下身子去推车，他的牙却差点儿没呲到耳朵边去。

“爸爸，你哪里痛？”秋红、秋黄又是异口同声地问。

“不过脚脖子扭了下。看，现在雨小多了，你们还是快回山上去。你们横竖帮不了我，别老站在这里，惹我发火。”爸爸说着，又要去推车。可夏力拦住了他：“我能帮您，让我来！”

“你？知道你早上已经宣布学会推车了，不过请别忘了，这可是在牛走羊走的山道上！”

爸爸一脸讥诮，望着夏力，在他那铁塔般壮实的身前，细脚伶仃的夏力，纤弱得简直就像一株随风飘摇的茅草。

“让我试试！虽然我没干过什么重活，但在来你们这里帮忙之前，我已在城里好几个地方做过志愿者了，请相信我这双瘦手！”雨真的是小多了，它变成了粉尘、烟雾，一团一团扑向夏力，却遮不住他眼中闪射的坚毅之光。

爸爸与他对望着，对望着，突然在他肩上擂了一拳，说：“好小子，去吧！万一翻车，只望不要撞着他人。”

“得令！”夏力高高地将手举到头上，秋红、秋黄还以为他要向爸爸行一个军礼了呢，哪想，他居然仿效她们姐妹做了一个她俩常做的晕倒动作。

“哈哈哈，哈哈哈……”这下，可将秋家父女全逗笑了。

那爽朗、明净、温暖的笑声，在弯弯的山道上飞扬，飞扬，飞扬，仿佛一束来自地表的阳光，不断向上辐射，不断碰撞着天边的乌云。

乌云，竟被它一寸一寸逼退了。

当夏力甩掉鞋子，让光脚板像章鱼吸盘般紧紧抓着路面顽强推车前行时，天心真有一柱阳光飞泻而下，将橘山和小路紧紧抱在了怀中。

天晴了！而霜冻这条尾巴还没来得及长出来！

看着在阳光下四散溃逃的毛毛丝雨，秋黄不由牵起姐姐的手，学爸爸那样重重、重重地舒了口气，说：“但愿明年剪橘，还有这么棒的志愿者哥哥来我们家支援我们！”

我们去种南瓜

吉秋清楚地记得，那天是清明节。

雨是一只手，罩着世界，万物都在它怀里静谧又喧嚣地舞蹈；厄运是另一只手，它只俯下身子，轻轻地捏了半下手指，吉秋的家就被它捻碎了。爸爸早上八点带着妈妈开车去祭拜爷爷奶奶，九点不到，爸爸就被一场车祸夺走了生命。妈妈的躯壳虽然还在，不过她的心，已跟着爸爸一起飘向了乌有之乡，她连唯一的女儿也不认得了，所以住进了医院。

在雨的手指甲盖上，现在只剩下吉秋这个还不满十周岁的孩子，像一小撮尘垢，不断被她自己的泪水濡湿，又被风吹干，结果越黏越紧，越缩越小。

本来清秀如三月麦苗、清新似四月麦笛、可爱健康若五月麦粒的吉秋，如今已苍白成了十月的芦花、消瘦成了十一月的芦叶、干瘪成了十二月的芦秆。

芦花、芦叶、芦秆在命运的风暴里急遽飘旋、默默挣扎，最后，惶惶然、凄凄然被吹落到了浙西小城衢州南郊的外婆家。

这个所谓的家，除了外婆和院子里的六只鸡、四只鸭、两只鹅以及偷偷住在院墙下的一窝老鼠，再也没有其他家人了。

现在，添了吉秋和她的布娃娃秋叶，这个家，本来应该多了一线生机。可惜，吉秋那颗小小的心，已被那场不幸的车祸碾碎了。吉秋被悲伤锁住了笑声、歌声，甚至也被悲伤锁住了说话声。

她就像个不能听也不会说的木头娃娃，整天只知道抱着秋叶坐在外婆家门前发呆。

秋叶是三月三日吉秋生日时，爸爸买给她的礼物，一个半米高的布娃娃，头上扎着飞扬的马尾辫，脚上蹬着圆头笨脑的大棉鞋，身上穿着粉红竖条纹的绒裤、白底红枫叶的布衣，还背着个枫叶形状的红色小书包呢！所以，妈妈就给它取了个名字叫“秋叶”，听上去，它就像是吉秋的亲妹妹。

三月三，离清明节正好是一个月。这一个月里，秋叶见过爸爸带吉秋去上学，见过妈妈带吉秋去学钢琴，见过爸爸妈妈跟吉秋一块儿去公园赏梅，去河边放风筝，去书店买书，去游乐园疯玩，更见过他们三人在家里开心地吃饭、睡觉、嬉闹。

可那场车祸，那辆从岔道口突然飙出的大货车，撞上了爸爸的小轿车，撞飞了爸爸的生命，撞散了妈妈的魂魄，也撞没了吉秋的笑靥、吉秋的声音。

吉秋都来外婆家五天了，可她还是只肯抱着秋叶静静地发呆。

外婆也想静静地坐着发呆。她唯一的女婿死了，唯一的女儿在医院里。她已经七十岁了，她以前和老伴靠种菜为生，自从老伴死后，她的生活费除了政府每月补贴的老年补助金，全靠女儿、女婿的孝敬。女儿、女婿在省城工作，曾多次邀请她去居住，可她舍不得离开刚建起来没几年的新房子、小院子，所以每次都拒绝了。现在，女儿的家碎了，她怎能不心碎呢！

外婆其实多么想和吉秋一样，静静坐着发呆——只静静地坐着，舔舐自己的悲伤呀！

可她有吉秋，她必须站起来，必须动起来，必须忙起来，必须把外孙女从忧伤绝望的深井里拉出来。

于是，第六天上午，外婆从屋角找出了一大一小两柄生锈的锄头对吉秋说："妹，跟外婆去种菜吧！"

"妹"发音接近"梅"，是衢州人对孩子的昵称，无论这孩子是男是女，是小是大，慈爱的长辈都爱这么叫小辈。虽然吉秋有正儿八经的大名，还有小名“祥祥”，可外婆好像从来就没有叫过她的大名小名。其实，原先在自己家里，妈妈也爱这么喊吉秋：“妹！”“妹！”以致喊得爸爸都几乎忘了吉秋还有名字，也跟着“妹”“妹”“妹”地乱叫。

刚才外婆的那声“妹”，像极了平日妈妈对她的呼唤。吉秋听了，麻木的神经仿佛被一柄鼓槌重重地敲了一下，心啊、肺啊、肝啊全像大鼓小鼓那样剧烈颤动起来。

疼痛的鼓声在她的血脉里游走，最后，猛地撞开了她的喉咙，害她哇哇大哭起来。

“哎呀，你总算哭出声来了。”外婆一边用小石块磨着锄头上的铁锈，一边对吉秋大声说，“妹呀，哭吧！哭个够，然后我们去种南瓜。南瓜可以煮着吃、蒸着吃、炒着吃，还可以晒干了做豆豉呢。今天我们就去种南瓜！”

“可是，呜呜，外婆，您不是，不是，呜呜，早没有菜地了吗？”

天啊，吉秋终于开口说话了！虽然言语里还夹着呜咽，可这带着哭腔的话在外婆耳中无疑是这世上最美妙的仙乐，所以她听后竟扔下锄头，扑过来将吉秋紧紧地搂在怀里，泪流满面地说：“谢天谢地，我妹妹总算开口说话了！”

吉秋被压在外婆的胸前，鼻子、嘴巴呼吸困难，当然也不能继续痛快地哭泣了，不禁推了外婆一把，问：“没菜地，我们到哪里去种南瓜呀？”

“去公园呀！”外婆撩起衣襟擦干眼泪说。

“公园能种菜？”这下，吉秋是真的被外婆撩起了兴致。

“在健身公园最西头有片荒地，那里谁也不管的，很多人都在那里收拾了自己的小菜园。我们走吧，我就不信，我们不能为我今早讨来的两根南瓜秧找到一个合适的家。”

“是吗？”吉秋半信半疑地一手抱着秋叶，一手拎着小锄头跟外婆出了门。

向南跨过四五条小巷，再穿过一条车流滚滚的大马路，就是健身公园的西部园区了。外公外婆的菜地本来就是在这里，可现在这里除了草和小树，哪有一棵菜呢？

有两种树，正在一大片绿草地上，大张旗鼓地开花。一种是槐树，开的不是普通的白花而是红花，一种是夹竹桃树，它们既开白花又开红花。那些红红白白的花朵，把公园打扮得喜气洋洋的，像春天妈妈正在这里办喜事嫁女儿。

看着眼前花儿草儿吹吹打打、柳丝杨絮飘飘舞舞的热闹场景，吉秋的眼里，本已浮出一缕越变越暖的亮光。可是，一对年轻夫妇扶着女儿学骑自行车的身影撞灭了吉秋刚刚被无边春色点亮的心灯。

“秋叶，为什么他们那么幸福，而我……”吉秋轻叹了一声，扔掉小锄头，像一棵在公园甬道边扎下了深深根须的冬青树，立在那里一动不动了。

“怎么不走了？看，南瓜秧都快瘪掉了，我们要抓紧时间把它们种到土里去呀！”

“……”吉秋无声地看了外婆一眼。

外婆想再说些什么，可嘴巴张了张，又把嘴唇抿住了。

她知道，吉秋又掉进悲伤的深井里去了，一时半会儿，她这个老太婆是无力把小外孙女捞上来的，所以只好先由她去了。

“妹，你就在公园里玩，等外婆种完南瓜跟外婆一起回家，好吗？”

吉秋点点头，竟抱着秋叶，在原地一屁股坐了下来。

“不行，你不能坐在路上啊！”外婆又心疼又气恼，一把抱起吉秋，把她放在一块小船形状的大石块上，嘴里无声地咒骂。

外婆含着眼泪离开了。

吉秋默默地坐在大石头上发呆。

她脚下的草地上，有两只椋鸟在追逐一只蚱蜢，吉秋视而不见；她头顶的槐树上，飞来一只蓝黑相间的大蝴蝶，吉秋视而不见；她旁边的另一块大石头上，还嗖地落下一只燕子，吉秋同样视而不见。

她的眼睛和这个真实的公园之间，隔着她和爸爸妈妈生活了近十年的美好往事，还隔着一场突如其来的车祸，所以吉秋只看得见一团雾一样的迷茫，在自己四周搭起了又高又厚的帐篷。

她想妈妈一定是生活在一个更高更厚的帐篷里，既找不到爸爸，又看不见她和外婆，所以才生病了，才去住院了。

“秋叶，我多么想爸爸，想妈妈，想回家呀！我不要跟外婆种什么臭南瓜！”吉秋抱着秋叶，望着秋叶那蓝色的大眼睛，一遍遍在心里跟秋叶诉说着她的委屈、她的梦想。

可秋叶无法开口安慰她啊！

于是，吉秋的泪一滴滴全掉进了秋叶的眼窝。

吉秋把头埋在秋叶身上，无声大哭。

突然，有个调皮的声音在她耳边大叫了一声：“汪！”

“爸爸，爸爸！”吉秋惊得跳了起来，一边大叫。

爸爸以前常在她耳边学狗叫的。难道是爸爸回来陪吉秋了？

可是，吉秋的身边没有爸爸，只有一只白色的小狗。

刚才根本不是爸爸在学狗叫，而是这小狗在冲她乱叫。

吉秋的心从希望的沸点一下子跌到了失望的冰点，不禁懊恼得伸脚朝小狗狠狠地踢了过去。但她踢空了，因为小白狗已经跳下大溪石，像个白线团似的，一滚一滚地跑走了。

哦，这狗跑动起来，怎么还有丁零、丁零的铃声跟它一起颤动呀？

吉秋望着小白狗，静静地听着那清脆的铃声在风中越滚越远，觉得自己已经重新生出了两只耳朵，因为她重新听见了这世界上除了外婆的唠叨、除了她自己的悲叹之外的声音。

“狗狗！”吉秋不禁远远地冲那小狗的背影大喊了一声。

“它有名字的，它叫小笨！”突然，身后传来了一个男人的声音。

吉秋回头一看，发现自己身后好像忽然多了一棵黑油油的大松树，树干很高，树枝很宽，树叶很密，树上的松果却很小——因为那伯伯身高体壮、头发浓密，眼睛却很小。

大松树似的伯伯见吉秋一脸惊奇地望着他，竟像少年人似的羞赧一笑，说：“它叫小笨，四个月大了，是个调皮鬼，呵呵……”

有趣的是，从这棵“大树”里流出的笑声，也像松果一样，憨憨的，圆圆的，低沉沉的，轻柔又浑厚，一下子就赶走了吉秋心里的陌生感。

“小笨？”吉秋心想，那跟小雪团一样可爱的小狗，为啥叫这么个笨笨、土土的名字呀？

她把这名字放舌头上默默咂摸了一会儿，觉得这名字蛮好玩的，就放开嗓门儿试喊了一声：“小笨……”

吉秋的声音尖尖的，特别脆。它像一声鸟鸣，一飞出去，就传出了好远。

那在百米外的一蓬迎春花下打转转的小白狗，听见这脆生生的召唤了，它先是静静地仰头朝吉秋这边望了一眼，然后，竟一弹双腿，朝吉秋这边跑了过来。

“啊……”吉秋看着朝她越跑越近的小白狗，不禁激动得连喊了几声：“小笨！小笨！小笨！”

狗狗跑得更快了，丁零、丁零、丁零，一路铃声翻滚，跑到吉秋身边，竟跳上大石头，将两只前腿搭在了吉秋腿上。

吉秋又惊又喜又羞，忍不住往后挪了挪身子。小笨马上也跟着挪了挪身子。它其实是匍匐着往前爬了几步。每一步，都有铃声跟着跳动起来。啊！原来它的脖子上挂着个小铃铛呢！一个小如拇指的金色铃铛，正在金色的春阳下，闪着无限温暖的光泽。

小笨微黄的眼睛里，也闪着同样的光泽。当它半歪着头，半耷拉着耳朵，俏皮地仰望着吉秋的时候，吉秋宛如看见两个太阳同时从小笨的眼睛里冉冉升了起来。一股热流猛地从吉秋的心尖尖上浇了下来，害她不由自主放下怀中的布娃娃，伸出双手，摸了摸小笨脖子下的那个小铃铛。

这一摸，可不止摸出了一串铃声，因为小笨竟张开嘴巴，一口含住了吉秋的右手。“救命呀！”吉秋吓得大叫。

小笨一怔，旋即飞快吐掉吉秋的小手，跃下大石头，一股白烟似的飘走了。

丁零，丁零，丁零……铃声飘越远，最后就跟青草、绿树、红花、白花完全消融在了一起……

“啊，别怕！它不敢伤人的，其实，它那是喜欢你呢！看，它难为情了，夹着尾巴逃跑了。”小笨的主人，那大松树般的伯伯说着，拉过吉秋的小手看了看，问，

“不痛吧？”

吉秋摇摇头，她只感到那手背热热的，湿湿的，有一些痒。

“请别怪它，请多包涵！”大松树伯伯说着，冲吉秋拱了拱手，迈开长腿，去追他的小狗了，“小笨，你把人家小姑娘吓坏啦，也不跟人家道个歉，就拍拍屁股溜了，你好意思吗？”

大松树伯伯一边跑一边斥骂着小笨，那亲昵又幽默的语言，听得吉秋眼角眉梢不由爬上一丝笑意。

清明节都过去半个月了，这还是第一次，笑的影子爬上了吉秋的脸颊……

正在这时，从公园西头那密密匝匝的夹竹桃篱墙后边，连滚带爬钻出一个白发苍苍的胖婆婆，她一边跌跌撞撞地跑向吉秋，一边焦急地喊：“妹！妹！谁欺负你啦？妹！”

“外婆，没人欺负我啊！”吉秋跳下大石块，奇怪地问外婆，“怎么啦？谁会欺负我啊？”

“那你刚才喊‘救命’做啥？喊得那么响？”外婆跑到吉秋身边，一边大口大口地喘着粗气，一边用手反复抚着胸口说。

“哎呀，我只是被小笨吓了一跳！”

“小笨？哪个笨蛋小鬼这么坏？”外婆伸着脖子朝四周看了又看，可没看到一个调皮男孩儿的身影，不禁纳闷儿地问吉秋。

“哈哈，它不是笨蛋，不是小鬼，而是条小狗啦，哈哈哈！”

终于，吉秋扬声大笑起来。她的笑声，脆脆的，亮亮的，热热的，激越又飞扬，就像从地下忽然迸出的一股温泉，喷了外婆一头一脸。

一时间，外婆倒蒙了。她万万没想到，半小时前还被忧郁寒冰深深裹在怀里的外孙女，这一刻会笑成这样。

“妹，你，你……”外婆一边望着吉秋那双甜甜的笑眼，一边揉着自己的昏花老眼，揉了良久，才说：“管它是笨蛋，还是笨狗，只要把你逗笑了，我都得感谢它呀！”

外婆说着忍不住也大笑起来。那笑声，是从地底迸射出的另一股温泉。现在，是它把吉秋的全身喷湿了。

“哈哈，外婆，小笨把你也引笑了，不是吗？”

“算它厉害！它在哪呀，那个笨蛋狗？”

“夹着尾巴逃跑啦！哈哈！”

“那，我们也夹着尾巴走吧，去种南瓜。我已经把地挖好啦！”

“好！”吉秋一边应着外婆，一边对怀里的布娃娃秋叶说，“去种南瓜喽！”

悠悠白云下，秋叶的眼睛里闪出一道喜悦的光……

吉秋拽着外婆的后衣襟，穿过厚厚的夹竹桃篱墙，以为会踏入一片一马平川的空地。哪想到，眼前竟是一片被围墙围着的半旱半涝的地。而凡是土质坚硬处，早被别的开荒者种上了辣椒、茄子、西红柿、豇豆等。

虽才晚春时节，荒地上的瓜瓜蔓蔓却早已牵出了一道道红红绿绿、青青紫紫的“彩虹”。

吉秋努力在“彩虹”深处寻找着空地。可她找不到，因为空的地方，全是一湾湾的水。就连水沼之中，其实也种着许多茭白和莲藕。

“外婆，你挖好的地到底在哪呀？”

“在那边，围墙底，像根裤腰带似的地方。”

吉秋一看，乐了。原来，外婆找到的“荒地”，就是围墙脚堆满碎石的一条窄窄的小田埂，真的像极了一条裤腰带呢。

“走，现在这‘裤腰带’是我们家的‘裤腰带’了，我带你过去种南瓜吧！”外婆牵着吉秋，走过一段段七歪八扭的菜园小路，来到围墙脚下，指着她刚才清理出来的五六个书包大小的一片平地说，“来，妹，你在这上面挖两个孔，把南瓜秧放进孔里，埋上土，稍微压一下就行了。我们再用水浇一浇，就那个了，O那个K了！”

哈哈，没想到七十岁的外婆还能说一两句英文，吉秋当然忍不住又仰脖大笑起来。

外婆静静地望着欢笑的吉秋，望了好一会儿，然后慢慢地开了口：“好，这样才是好孩子。小孩子嘛，就是要多笑才好看，你看你，笑起来，多像那朵荷花呀！”

外婆指着不远处水沼中一朵新开的荷花说：“要知道，你爸虽然没了，可他在天上看着你呢，难道他喜欢看你整天哭丧着脸的样子？还有你妈，她那么苦，还指望你一服药去救她呢！你要是总哭哭啼啼的，我怎么带你去看她？怎么带你去医她？她的心又怎么收得回来、宽得起来？妹啊，你要记住，不管是死人还是活人，谁都喜欢看小孩笑呀！我们衢州有句土话说，‘小孩笑起来，脸上开荷花’。我就是喜欢你脸上开着荷花的样子，你妈要是常看见你脸上开着荷花的样子，病一定也好得快呀！”

外婆的一席话，把吉秋说沉默了，笑声暂时被压下去了。但没多久，吉秋就抬起头说：“外婆，我懂了……我们来种南瓜吧……”

很快，两棵小小的南瓜秧，就被吉秋种下了。

那两棵南瓜秧，虽然高似两根筷子，细如两支铅笔，茎上只有三两片小耳朵般的圆叶，但在凌乱的碎石面前，它们的那两点绿，却像两声最清脆最温暖的狗吠，又像两朵最珍贵最美丽的绿荷，让吉秋马上就挺直了腰杆，坚定了目光。

“外婆，这两棵南瓜，一棵就叫‘小笨’，一棵就叫‘绿荷’，好吗？”

“好，好呀！”外婆笑了。

吉秋比外婆笑得更响。她蹲下身子，轻轻地摩挲着两棵南瓜秧的叶子说：“小笨，绿荷，你们好！以后我要跟你们比赛，看看谁长得更快，更健康，行吗？”

一阵风拂过，小笨、绿荷款款地摇了一下小腰肢，算是答应了吉秋的呼唤，答应了吉秋的邀约……

捉 “鹅”

春天从连翘花的嫩黄花瓣上开始奔跑，跑到迎春花上歇一歇，跑到玉兰花上歇一歇，跑到杜鹃花上歇一歇，跑到油菜花上，忽然被那无边无际、惊涛骇浪般的花潮震呆了，一跤跌在黄花丛中，被甜沁沁的香气熏着，被黏糊糊的花粉裹着，被叫嗡嗡的蜜蜂缠着，一不留神，竟然迷迷糊糊地睡着了，等油菜花落了，油菜一天天熟了，它才醒过来，爬起来，这时，春天的路也快走到头了。

油菜收割了，一亩一亩的黄花地，现在全变成了一片片明晃晃的水田。

在春天向夏天递交接力棒的日子里，一棵棵碧绿的稻谷秧苗，被一双双粗糙的农人大手连根拔出苗床，扎成一小把一小把，担到了一片又一片的空田边，东一把西一把扔进水中，静静地等待人们把它插进泥土。

这时，方草和蓝耳朵来了。当然，来田里插秧的并不止他们两个。但在那年春末，来田里插秧的最年轻的人，就是他们俩。十二岁的小人，他们，还是人中的青秧呢！

此刻，太阳正从东山顶上探出头来。

方草脱下白底黄条子的小球鞋，小心地放在爸爸的畚箕里，仔细挽了裤腿，一下踩进水田。水有些凉，水中仿佛洒满了薄荷沫子，薄荷沫子又仿佛伸出了无数舌头，舔着方草的小脚，方草只感觉脚下一片清冽和微微的冰麻。水下的泥团，表层跟水一样幽凉，底层则有点儿温温的，就像一块硕大的水晶糕裹住了方草的双足，颤颤悠悠、滑滑嫩嫩，裹得方草痒痒酥酥的，不由发出一阵大笑。

没等她笑完，一旁的蓝耳朵已经咚一下跳下田来，溅起一片水雾，抓起一个秧把，解开稻草结子，分出三四棵小苗，弯下腰，插下了第一蓬秧。那秧虽然插得歪歪扭扭的，像个小驼背，但蓝耳朵还是自豪地抖着他的大耳朵说："方草，你落后了！"

"什么？我落后了？哈，比赛还没开始呢！"方草说着，一弯腰，从水中捞起一个秧把子，三下五除二，解了稻草小绳，分出四棵小苗，唰地插进软泥。可她插得太急，秧没立住，在水面上漂了起来。蓝耳朵看着，就摇着大耳朵，咻咻地笑了起来。

“笑什么！一蓬秧插坏了，算得了什么！”方草牙一咬，弯腰把那蓬秧捞起来，再次插入软泥，这下，秧来了个大立正。

“方草，出手不凡啊，再来！”比方草、蓝耳朵大了十来岁的小舅舅正挑着半担秧来到田边，他看到方草插下的那人生第一蓬秧笔挺笔挺的，不禁笑得龇出一口特别白亮的牙齿，朝方草竖起了大拇指。

“嘿嘿，怎么样，我比你插得好吧！”方草得意了，笑眯眯地朝蓝耳朵晃着脑袋，蓝耳朵却已经弯下腰，插下了第二蓬秧、第三蓬秧……

方草看蓝耳朵一副铆足劲不得第一誓不甘休的样子，连忙噤了声，也弯腰撅臀，专心插起秧来。

两个孩子之间的比赛，就这样默默拉开了帷幕……

村里自古流传下来的插秧规矩，每行秧得插满六蓬，才能换插另一行。但方草个子小，手太短，她一行根本管不住六蓬秧。她得把一行秧分成两部分来插，才能往后退一行。而蓝耳朵比她高半个头，手也比她长一截，插六蓬秧不需跨横步，只需歪歪身子就可以了。如此一来，方草当然慢慢落后了。

突然，蓝耳朵扬起大耳朵大叫起来：“捉鹅了！捉鹅了！方草被我捉住了！”看自己把方草夹在了他和小舅舅之间，蓝耳朵兴奋得声音也变沙哑了。

正挥汗如雨、一心插秧的方草，被蓝耳朵的叫声吓了一跳，惊得手中的秧把掉进水中，散成了一朵绿花。

她捡起秧，直起腰，扭转头，看了看，发觉自己真的落后了，嘴一嘟，眼马上湿了。但她没有哭，而是狠狠瞪着蓝耳朵说：“什么，才快了我两步，就当我是呆头鹅！哼，笑得最早的不一定是好汉，笑到最后的才是英雄哩！”

“好，像个巾帼英雄！”小舅舅赶紧为方草鼓掌。

蓝耳朵用泥手扯着右耳，给右耳糊了层稀泥，嘀咕道：“说话咋这么酸呀！现在是在种田，又不是在背书！”

“哼，现在要是背书，我都把你这大耳鹅活捉一百回了，还有脸说背书哩！”方草把双手按在太阳穴上，冲蓝耳朵那只泥糊糊的耳朵吐吐舌头，做了个鬼脸，马上又弯下腰去，唰唰唰地插起秧来。

“唉……”蓝耳朵真的很后悔提起背书的事。方草是他的表妹，也是他的同学，更是班里的学习尖子、背书大王。而他，背书简直比背巨石上山还难。

无端讨了一顿奚落，蓝耳朵酸溜溜望了眼妹妹，揉揉自己有点儿发酸的后腰，连忙弯下身去，抓起一个秧把，打开，猛插起来……

他决心，今天一定要把妹妹这只聪明鹅捉牢了。要是连种田也赢不了妹妹，那他还能在什么事情上指望把妹妹打败呢？

“加油，蓝耳朵！”姨爹，也就是方草的爸爸，好像能读懂蓝耳朵心思似的，为蓝耳朵喊了声加油。

“谢谢姨爹！”蓝耳朵笑了，手上的蓬秧也下得更快了。

“爸爸，你胳膊肘往外拐！”方草抗议。

“哈哈，女儿减油，女儿减油！”爸爸是个老顽童。他说话时，小眼睛眯进肉里，样子看上去好像比方草、蓝耳朵还幼稚。

蓝耳朵被逗得大笑，笑痛了肚子，只好撒了秧去揉肚子。

“哼，老爸，你胳膊肘就使劲往外拐吧！”方草说着，赌气地唰唰唰一连插了好几蓬秧。

“好，方草，我为你加油！”小舅舅为方草鼓劲。

唰唰唰，方草又连着插了好几蓬秧。可蓝耳朵还在揉肚子哩！她的距离与蓝耳朵慢慢拉近了。

“啊，快被你追上啦？”蓝耳朵意识到自己的“危险”了，手上加快了速度，感觉腰更酸了。但他忍着，忍着，想战胜妹妹的欲望比想伸腰休息的欲望更强烈，所以，他的腰一直弯着，弓着，折着。一蓬蓬秧被他的瘦手插进稀泥。一行行后退的脚步，在续写着他胜利的诗篇。

似乎是为了慰劳自己，他不断用泥手去揉耳朵，结果，他的两只大招风耳，都变成了泥巴耳。

为了给自己提气，他又冲着方草的背影喊了一通："方草，捉鹅啦！你被我捉定啦！"

奇怪的是，这次方草根本没有理他。只见她的腰，比他弯得更低，弓得更圆，折得更薄。她后退的脚步又绵又密，她，离他更近了。

方草那极度专注、极其勤奋的身姿让蓝耳朵泄了气。他再也忍不下去了，直起腰杆大叫："哎哟！我的腰，痛死我了！姨爹，啥时候咱们才能休息一会儿呀？"

一向嬉皮笑脸的方草爸爸，此刻却一本正经地说："要歇你自己歇吧，我们要再种几垄才歇！"

蓝耳朵无奈地杵在田中，看妹妹已经深埋着头、闷声不响把秧插到了他身边，他很不甘心地问："方草，难道你的腰就不痛？"

"痛呀！"方草一边说话，一边插秧，"可我不想做鹅，只好忍着呀！"

"那咱俩同时到田埂上歇一歇，我先不捉你，你先不追我，行吗？"蓝耳朵狡黠地摇摇泥耳朵，跟妹妹商量。

“行……”方草直起腰擦了把汗。蓝耳朵心花怒放，拔腿就往田埂边跳去。

可方草笑了，说：“‘行’的反义词！”说完，她快速弯下腰，一气呵成插下四行秧。她的秧，终于与蓝耳朵方才所插的秧站在一起了！

气得蓝耳朵连忙往回蹦，一边愤怒地喊：“骗子，你是骗子！”

此时，太阳已完全爬上了山巅，天也好像跟着抬高了。田边皂角树上飞来两只鹧鸪，你咕一声、我咕一声，高声叫唤着，活泼跳跃着，它们那响亮的叫声、轻捷的动作，把方草的视线和魂魄都牵去了，方草不禁仰了头，呆呆望着那对“咕咕”。

“嘻嘻……”蓝耳朵捂嘴偷笑，悄悄地弯下腰抖开一个秧把，急乎乎地插起来。没过多久，妹妹再一次落后，变成“活鹅”了。

蓝耳朵那个快活呀，想喊一嗓子，硬忍住了。

再插，离妹妹更远了。蓝耳朵终于憋不住他的得意劲，抓抓自己的一双泥耳朵，大喊起来：“捉鹅喽！捉鹅喽！方草又做鹅了！”

这可惊醒了方草。但她没有生气，她的心还在那两只鹧鸪身上哩，她只淡淡地说：“怎么，我又做鹅啦？”

“是呀，你又做鹅啦！哈哈哈！”蓝耳朵大笑。

小舅舅见状，抓起一团泥，扔上皂角树。鹧鸪飞了，方草彻底醒了，这才看出大事不妙，连忙扑下身子，一门心思插起秧来……

渐渐地，方草又逼近了蓝耳朵。

蓝耳朵的腰又痛起来了。

当又一串汗珠子爬进眼睛时，平时最怕写作文的蓝耳朵，忽然甩甩泥耳朵吟起诗来：“插秧一大早，来到田中央，想捉妹妹鹅，真呀真辛苦！真呀真辛苦！”

方草本来已赶上蓝耳朵了。听哥哥这样一念叨，她不由得大笑起来，笑得东倒西歪，差点儿没摔进烂泥。结果，又被哥哥赶前头去了……

时间似蜗牛，慢慢地往前爬。

蓝耳朵和方草的第一垄秧马上就要插到头了，他们的秧也基本落到了同一个水平线上。可以说，表兄妹之间的比赛，眼看着就要打成平手了。就在这时，不远处的田间小路上，吱吱呀呀推来一辆独轮车，看不见推车人，因为车上的稻秧，堆得像个笨草垛似的。这个笨草垛，在田间小路上摇晃着不断滚动，让看见的人不能不为它揪心。

小舅舅眼尖，先看到那辆独轮车，他揪心地说：“谁呀，拉这么多秧，愁压不塌小路吗？”

他的话音刚落，只见独轮车翻倒了！只听推车人发出一声杀猪般的嚎叫：“天啊，我脚被压断啦！”

小舅舅见状，连忙撒了秧把，朝那辆翻转的独轮车冲去。

方草爸爸马上跟了上去。

方草也不假思索扔掉插了一半的秧把，朝出事处飞跑过去。

可蓝耳朵没跟着跑，不仅没跑，而且还加快了插秧的频率。

方草和爸爸、小舅舅在帮推车人扛车时，只听自己田埂边传来一阵欢呼：“我插到头了，我赢了！方草，你是鹅！我捉定你了！哈哈！哈哈！我终于赢了你了，方草！你是鹅！你是鹅！”

蓝耳朵在田埂上拉耳朵，扭动着身体，疯狂庆祝自己的胜利。但他没有吸引住任何人的目光。这是他一个人的胜利。没人与他分享，也不见对手沮丧的脸。

蓝耳朵在田埂上跳着叫着，眼睛却一瞬也没离开那辆出事的车子。

车子上的秧苗堆得太多了，车子太重。姨爹、小舅舅和妹妹三人怎么弄也抬不起那车子，只好把绑秧苗的大麻绳解开了。

“哎哟！哎哟！”陷在车子底下的那个农人，躺在烂泥团里，却好像是躺在滚油锅里，拼命乱叫。

那声音就像一盆冰水，朝蓝耳朵劈头盖脸泼了过来，把这个“捉鹅手”心头兴奋无比的烈焰浇得一片冰凉、一团漆黑。

终于，蓝耳朵一动也不动地在田埂上僵住了。尔后，他深深地叹了口气，抬脚朝妹妹那边飞跑过去。他那对泥糊糊的大耳朵，跟着他的脚步不断地颤抖、跃动，像水田上升起了两个泥巴风筝，跌跌撞撞又虔虔诚诚地飞啊飞……

“咕咕，咕咕！咕咕！”那对被小舅舅赶走的鹧鸪，此时又飞回来了。它们在皂角树上看着这对特殊的泥巴风筝，一个劲儿地叫唤、叫唤，仿佛说：“蓝耳朵，这还差不多！这还差不多！”